ちくま文庫

ひみつのしつもん

岸本佐知子

筑摩書房

目次

装幀・イラスト　クラフト・エヴィング商會（吉田浩美・吉田篤弘）

ひみつのしつもん

運動

私が何かの王になれるとすれば、それは運動不足王だ。

運動をまったくしない。運動どころか、歩くことさえほとんどしない。

家から一歩も出ない日も珍しくない。万歩計をつけたら一日たぶん三百歩いかない気がする。

こんな私でも、学校時代は運動部に所属していた。

中学一年から三年までは軟式テニス部だった。軟式テニス部には「オミット制度」というものがあり、練習を一回休むごとに球拾いが一日課せられた。球拾いが嫌で練習を休むと、さらに球拾いが課せられる。ついに未来が球拾いで埋め尽くされ、心が折れて退部した。

大学の一年から二年にかけてはアーチェリー部だった。もう球を見たくなかったからだ。

だがアーチェリー部は一年と二年、二年と三年が反目しあい、男子と女子も対立していた。

人間関係が殺伐としているうえに全員が手に手に殺傷力のある武器を持っていたので、気の休まる時がなかった。心が折れて退部した。

会社員時代は、春夏はテニス、冬はスキーをやるクラブに所属した。武器を使わないところに魅力を感じた。だがそこで最も問われるのは運動能力ではなく「女子力」だったため、打ち上げでサラダを取り分ける力のない私は心が折れて退部した。ついでに退社した。

それきりまともな運動はしていない。

一点の悔いなし。今までずっとそう言い続けてきたが、最近やや信念が揺らぎつつある。長年まったくどこの筋肉も使わなかったことのツケが、ここに来てまとめて襲いかかってきたからだ。膝腰肩首腕脚背腹指、どこもかしこも脆弱化《ぜいじゃくか》が著しい。

少しは運動しないとなあ。ふかふかの椅子に筋肉ゼロの体をもたれかからせ、鼻をほじりながら私は思う。ああでも運動したくない。

なんとかして自分は一歩も動かないまま、運動の成果だけをこの身に移植できないものだろうか。

たとえば、地球の裏側の誰かの運動量がこっそり私に転送されるトンネルのようなものがあったらいいんじゃないか。

ペルー在住、農業Aさん（45）が汗水たらして刈り取ったり担いだり山を上り下りした一日の運動量が、トンネルを通って私に転送され、私の筋肉は居ながらにして鍛えられる。

素敵。

Ａさんばかりから運動量を吸い取っては申し訳ないので、トンネルの先っぽはルーレットのように毎日変わり、誰とつながるかはわからない。ちょっとしたギャンブル要素だ。

今日はチリの元気な小学生。明日はアルゼンチンの新聞配達員。もしかしてネイマールとかに当たってしまって、膨大な運動量を一度に送信されて体がショートしたりしたらどうしよう。嬉しい悲鳴だ。

そこまで考えて私ははっとなる。ネイマールに当たる可能性があるということは、私よりもさらに怠慢な、一日に百歩ぐらいしか歩かない筋金入りの運動嫌いに当たる可能性もあるということだ。そうなったら、こちらのなけなしの三百歩を、毛細管現象で逆に吸い取られてしまうのではあるまいか。現に最近の膝腰肩首腕脚背腹指の不調は、地球の裏側から誰かに吸い取られている結果ではないのか。

うぬ。そうはさせじ。敵の吸い口を避けるために、ボクシングのダッキングの要領で上体を素早く上下左右に動かす。部屋の中を高速で八の字に動き回る。その二つの動きを組み合わせる。

息が上がり汗が流れる。この後の一杯のビールがきっとうまい。

ふるさと

大学のころ、クラスに某さんという女の子がいて、ときどき話をした。

あるとき生まれた場所の話になって、私が横浜生まれだと言うと、某さんもやはり生まれたのは横浜だということがわかった。

「横浜の日赤病院で生まれたの」

そう某さんは言った。それで私もとっさに、

「私も私も!」

と言った。

そうは言ったものの、本当は自分の生まれた病院など知らなかった。何となく、日赤病院は有名な病院だから、きっと横浜ではたいていの人がそこ生まれだろうと思ったのだ。それに、せっかく横浜生まれまでいっしょだったのだから、病院もいっしょのほうが話の流れ的には好ましい気もした。

そうだといいな、という気持ちもあった。某さんは育ちの良さが服を着て歩いているよ

うだった。白金の実家から通っていた。祖父母のことを「お祖父ちゃま」「お祖母ちゃま」と呼んだ。姿勢がよくて、字がきれいだった。

奇遇だね、とひとしきり盛り上がって、話はそれきりになった。

それから長いこと、自分は横浜の日赤病院生まれだと自分でも信じ、いろんな人に「横浜の日赤病院で生まれたんだ」と話しもした。根拠は某さんとの会話だけだったが、もうそんなことはすっかり忘れていた。

それから何年もたったある日、ふと母に「私って、横浜の日赤病院で生まれたんだよね？」と訊ねてみた。

すると母は答えた。「ううん。寿町産院よ」

その時は薄くがっかりしただけだった。やはり横浜の人間がみんな日赤生まれなどという考えは乱暴すぎたのだ。それに「産院」というあたりが、日赤に比べてかなり規模的に見劣りする。

寿町が「日本三大ドヤ街」の一つだと知ったのは、さらにその数年後だ。東京の山谷、大阪の釜ヶ崎、そして横浜の寿町。

私は衝撃を受けた。自分はドヤ街生まれだったのだ。まず某さんに申し訳ないと思った。ついで、なぜそこにした、と思った。住んでいたのは桜木町だったはずなのに、桜木町産

カリフォルニア生まれ

横浜生まれ

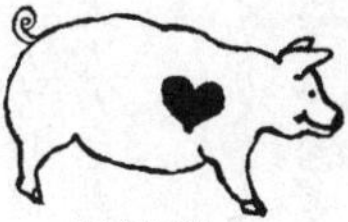

東十条生まれ

院とかはなかったのか。

だがそのうちに、だんだんと妙に誇らしくなってきた。生まれようと思ったって、なかなか日本三大ドヤ街で生まれられるものではない。日赤病院なんかより、むしろずっと貴重なのではないか。

その産院を見てみたいと思ったが、母子手帳はもうどこにいったかわからなかった。ネットで調べてみたが、一件もヒットしなかった。

何年か前、テレビで寿町のことをやっていた。町に一軒だけある診療所を、たった一人で守りつづける女医さんのドキュメンタリーだった。町の風景のカットになるたびに、かならず路上で寝ている人が映りこんだ。昼間から道端に座りこんでカップ酒を飲んでいる人たちがいた。マイクを向けられた女医さんが何かしゃべっていたら、背後で「どらぁ!」と怒鳴り声がして、素っ裸の人がでたらめに手足を振り回していた。全身にボカシが入っていた。

恐ろしかった。でもなんだかわくわくした。ここが私の生まれた場所。誰が何と言おうと、何十年か前に私はこの場所にいて、おぎゃあとか何とか言っていたのだ。

今ではいろんな人に「横浜の寿町産院で生まれたんだ」と言う。

そしてときどき寂しい夜更けなどに、小さな声でこっそり「どらぁ」と言ってみるのだ。

アレキサンドリア

初対面の人と話をしていて、共通の話題も見つからず、気まずい空気が流れそうになったときに、打開策として「旅行とか、お好きなんですか？」と訊かれることがある。

「いいえ」

私は間髪をいれずそう答える。ますます会話がとどこおる。気まずさが増す。

こんな時、「はい」と答えられたらどんなにいいだろう。私が今までに訪れたさまざまな国や場所についての体験談を披露する。すると相手も偶然そこに行ったことがあることが判明したりする。思い出話に花が咲く。心の交流が生まれる。人間関係の輪が広がる。

だが自分に嘘をつくことはできない。私は旅行が嫌いだ。そもそも移動や変化に関係すること全般が苦手だ。家から出るのにもけっこうな決断と勇気を要する。家から歩いて一分のところにあるクリーニング店に行くのに三か月かかったりする。

今日こそ行こうと思う。早くこの夏服をしまって冬服と入れ替えたいと思う。七時で店は閉まってしまう。などと考える間に行ってしまえばいいのだ。服の入った袋を持ち上げ、靴をはいて、玄関を出て角を二つ曲がればもう店だ。ガラスの引き戸を開けるとピポピポとチャイムが鳴って奥からおばさんが出てくる。ずいぶん涼しくなったわねー、などと世間話をしながらおばさんはレジを打ち込んでいく。待ちながら、私は看板猫の背中をなでる。お金を払い、控えのレシートをもらい、じゃあよろしく、と言って空になった袋を下げて二つ角を曲がって帰ってくる。なんだ簡単じゃないか。やってみれば十分とかからない。これで冬服を出せる。と思ってふと見ると夏服を入れてふくらんだ袋が床の上に置いてある。もらったはずのレシートもない。おばさんとしたお天気の話もピポピポの音も猫の背中の手触りさえも、はっきり記憶に残っているのに。

こんなふうに、行っていないのに行ってしまうから、よけいに旅は遠くなる。今までにずいぶん色々なところに行った。オマーン。ブータン。YRP野比。グリーンランド。ユカタン半島。馬頭星雲。青物横丁。嫌いなのは移動だけであって、知らない場所や気になる地名への憧れは、本当は人一倍強い。

いちばん何度も行ったのは、たぶんアレキサンドリアだ。エジプトの北のはずれに、海に面してある。高校の教材の世界地図に市街図が載っていて、海にほとんど浸食された骨のような形状に一目ぼれした。アレキサンドリアは行くといつも夕暮れで、松明《たいまつ》に照らされている。港の石畳がなだらかに海に続いていて、そのまま歩いてじゃぶじゃぶ水に入る。

El-Gaish Rd
الإبراهيمية
Al Ibrahimiyyah
Ras at Tin
アレ
サンドリア
岸本家
クリーニング店
كرموس
Karmus
Izbat Nadi
as Sayd
القباري
Al Qabbari
Mariout
Lake

水は生あたたかく、洗濯板状の岩の感触が足裏に心地よい。海は遠浅で、どこまでも歩いていける。沖には水没した大きな図書館があって、空っぽの書架に黄色い砂が積もっている。

アレキサンドリアには高校時代のその地図を通してしか行けないので、よけいな情報は遮断してある。だから本当のアレキサンドリアがどんなところかは、いまだに知らない。実際に行くなどもってのほかだ。

その地図ももうどこかにいってしまったので、アレキサンドリアに行くには、まず高校の教室に行かねばならない。建てかわってしまって今はもうない古い校舎の、一年C組の後ろから二番め窓際の席に座って、オレンジ色のソフトカバーの世界地図を開く。〈アレキサンドリア　拡大図〉とタイトルがついた、四センチ四方の小窓のような地図をじっと見つめる。

でも最近は、教室の窓の外に目をやると、もうすぐそこが遠浅の海になっていることがある。あまり何度も行くから、バイパスができたらしい。

本物の旅ではこうはいくまい。

大地の歌

前々から、ものすごくみじめな仕事場で仕事をしたいというひそかな願望がある。

広さはせいぜい三畳ぐらい。調度品は机がわりのミカン箱と薄っぺらい座布団一枚。床は赤茶けた古畳、照明は裸電球ひとつ。カーテンのない窓を開ければ、その向こうに汚いドブ川など流れていてほしい。

そんなみじめで素寒貧《すかんぴん》な部屋で、思い切りいじけた気分で仕事をしたら、どんなにか楽しいだろう。考えただけで足がうずうずする。

今いるこの部屋とちがってパソコンも漫画本もテレビもないから、さぞや仕事もはかどるだろう。翻訳で必要があってネットで歴代アメリカ大統領の名前を調べていたはずが、気づくとユーチューブで吉幾三のラップを観ていた、などということもない。

理想は、昔なにかの写真で見たマーラーの作曲小屋だ。

犬小屋を人間サイズに直したような、ひどく粗末な真四角の掘っ建て小屋で、内部は床も壁も木がむき出し、小さな机と椅子があるきりだった。そんなのが、森の木陰にぽつんと建っている。

グスタフ・マーラーは立派な屋敷があったにもかかわらず、わざわざ敷地の一角にそんなみじめ小屋を作らせて、壮大な交響曲九番とか十番とかをそこでいじいじと作曲したのだ。食事は母屋から誰かに運ばせた。夜だけ家に寝に帰った。

なんとかあのマーラーのみじめ小屋を自分の仕事場にしたい。

ちょうど家から歩いて数分のところに、ほどよい感じのドブ川があるから、そのほとりの空き地に小屋をもってくる。

問題は中のマーラーをどうするかだが、まあひとまず私の今のこの部屋に入ってもらう。そうしておいて、いそいそとドブ川に面した小屋に座ってみるが、だめだ。まだまだみじめさがぜんぜん足りない。

まず床を畳に張りかえる。青々した新品のでは台無しなので、和室のありそうな古い民家をまわって譲ってもらうか、廃屋に忍びこむかして、いい感じに陽に焼けてささくれだったのを集めてくる。

ついで裸電球。なにぶんにも十九世紀の小屋だから、そもそも電気が来ていない。電気工事の人を呼んで電線をひっぱってもらい、ついでにワープロ用のコンセントも作る。電球は四〇ワットぐらいの薄暗い白熱灯が好ましいが、最近はＬＥＤのしか売っていない。

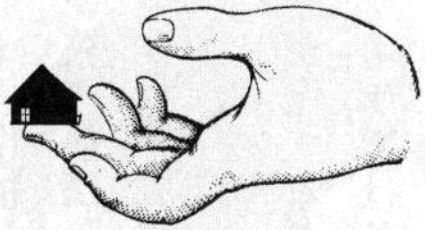

ホームセンターを何軒も回ってやっと探しだす。

近所のガソリンスタンドの名前の入った観光名所のカレンダーと哀しいカラーボックスもみじめインテリアには必須だ。花柄のポット、景品の湯飲み。パタッとパネルが倒れる式のデジタル時計。

問題はミカン箱だ。オーソドックスな木のやつが、もうどこを探してもない。仕方ない、段ボールのミカン箱で我慢するか。それとも別の、たとえば一升瓶なんかが入っている木箱で代用するか。しかしもっと重大な問題として、四角い箱の前に正座した場合、膝が入らなくて書き物がしづらくないだろうか。それ以前にワープロを置くだけの奥行きがはたしてあるだろうか。いっそ同じ箱を二つ離して置いて、上に板を渡す方式にしたほうがいいだろうか。その場合、板は厚さ何ミリぐらいあれば強度が保てるだろう。

私のみじめ小屋がいっこうに完成をみないあいだに、マーラーは私の部屋で、吉幾三に霊感を得た新たな交響曲の作曲に取りかかろうとしている。

カブキ

誘われて、歌舞伎を観にいった。

歌舞伎にはあまり詳しくない。よほど有名な演目でも、だいたいどんな話か知らない。何かを観にいったのに話の筋がさっぱりわからない、というのは悲しい。子供のころに観た『ゴッドファーザー』がそうだった。ただでさえ私は抗争ものが苦手だ。誰がどっちの側の人間でどういう利害があって対立しているのかが覚えきれない。おまけにイタリア人は顔がみんな同じに見えて、さっき死んだはずの人がまた出てきたりした。マフィアの復讐には馬の首を使うことだけは理解した。

そんなことのなきよう、歌舞伎の前には話の筋を予習していく。それから役者の名前も頭に叩きこむ。歌舞伎役者はすぐ名前が変わるので油断がならない。

劇場に座ると、何列か前に若い白人の男性が二人座っているのに気がついた。二人とも髪を短く刈り、真冬だというのに半袖の白いTシャツを着ている。袖からのぞく二の腕が太腿ぐらい太い。

やがて演目が始まった。田舎の商人が吉原に来て花魁《おいらん》に一目惚れをする。通いつめ、とうとう身請《みう》けをするという段になって、花魁に裏切られる。そういう話だ。花魁はいま一番人気のある若手の女形がやっていて、とても美しい。

観ているうちにふと、あの白人二人組はこれがどういう話かわかっているだろうかと心配になった。イヤホンガイドで英語の解説が聞けるから大丈夫なんじゃないか。でも、たとえば「身請け」は英語でどう言うのだろう。ためしに頭の中で二人に説明を試みる。「えー、オイランというのは高級娼婦で、あっでも娼婦といっても半分アイドルみたいなもので、でもってお茶屋というところにいるんですが、もちろんほんとにお茶を売ってるわけではなく、ネンキというものがあってですね」だめだ。これではぜんぜん話に追いつかない。脳内の二人が困ったように顔を見合わせて肩をすくめる。

私は舞台に意識を戻そうとしたが、いったん気にしてしまうと、いちいち「これはあの二人の目にどう見えるだろう」と考えるのを止めることができない。「おい見ろボブ、あれは靴なのか箱なのか？」頭の中で片方が花魁の足元を指さして言う。「それを言うならサム、彼女の頭から軍艦みたいに突き出している棒はいったい何なんだ？」もう片方も言う。「それに男はなんでみんな頭の中央部分を剃っているのだ？　宗教上の理由か？」花魁が田舎商人をこっぴどく袖にし、商人が復讐のために花魁を斬り殺すあいだも、二人が

Bob
Sam

うるさくて集中できない。

一つめの演目が終わって休憩をはさみ、こんどは踊りが始まった。何列か前にいた二人組はいつの間にかいなくなっていたが、もう手遅れだ。ボブとサムはすでに私の中に入りこみ、目と脳を乗っ取ったあとだった。ボブサム目線で観る「奴道成寺《やっこどうじょうじ》」は超前衛舞踏だった。白塗りの人物が女になったり男になったり、頭を青くピカピカに塗った白装束の人々とジルバを踊ったり、かと思うとチェリーブロッサムの枝を手に襲いかかってくるショッカー的な軍団を手を触れずにばたばた倒し、そこに巨大なベル？　釜？　が上から降りてきて、そのてっぺんに登ってなぜか非常に勝ち誇った様子をして終わる。ミステリアス。ファンタスティック。

それはまあいいとして、困るのは、歌舞伎が終わって何か月も経つのにボブサムがまだ帰ってくれないことだ。ときおり見慣れないものを見ては、「ワオ！　これは何だ？」と説明を求めてくる。鏡餅や和式便所や御柱祭《おんばしら》について一から説明するのはとても面倒だ。あと、半袖も何とかしてほしい。外は雪だ。今からそんなで、夏になったらどうするつもりなのか。

哀しみのブレーメン

たいてい家でじっとしている生活だが、たまに家から這い出すと外の世界が物珍しく目新しく、会う人すべてが面白く楽しく、はしゃぎすぎてかならず失敗をする。失敗しかしない。友人と久しぶりに会えば興奮していらぬことまでぺらぺらしゃべって相手の話はこれっぽっちも聞かず酒をがぶ飲みして酔いつぶれる。街に行けば人の多さと物のきらびやかさと往来のにぎやかさに目がくらんで同じような色と形の服を何着も買いしかもぜんぶサイズが間違っている。仕事の打ち合わせをすれば日ごろの無沙汰や締切りの遅れなどを埋め合わせようとしてますます自分の首を絞めるような無理な約束をする。座談会では緊張と不安と準備不足のあまり白目になり口から泡をふき「あう、あう」としか言えない。花粉たちこめる街に服薬もマスクもなしに出ていってくしゃみを百連発するが、世の人は全員花粉症のはずなのに私以外誰も鼻を垂らしていない。チャージ不足で通せんぼされる。裏返しに着ていたことに一日じゅう気づかない。割り算を間違う。忘れたまま家を出る。受け取らずに帰ってくる。落とす。なくす。遅れる。迷う。気づかない。

そして結局ほうほうのていで帰ってきて部屋の片隅で手も足も出ず何もかもいやになって体育座りで頭をかかえる。

それでも人間とはしぶといもので、こんなふうでもやっぱり生きていたいと思う。なんとかしてなけなしの自尊心を保ち、先に進むよすがにしたい。そこで私は家の中を見まわして、「明らかに自分よりダメだ」と思えるものを探す。

まずあれだ。うちのニンニク絞《しぼ》り器。ニンニクを一かけ先端の箱状の部分に入れ、ペンチを握るようにぎゅっとグリップを握ると、箱の穴からペースト状になったニンニクが押し出される。前にラーメン店で見かけてずっと憧れていたのが、あるとき結婚式の引出物のカタログの中に入っていたので迷わず選択した。だが届いたそれは変に小じゃれたデザインでグリップの幅がひどく狭く、ぎゅっと握ると指に恐ろしく食い込む。最初の一個は歯を食いしばって絞りきったが、なぜこんな痛い思いをしてまでニンニクを絞らねばならないのかがわからず、二度と使っていない。ニンニクを絞るために生まれてきたのにニンニクを絞れない、こいつはたぶん私よりダメな気がする。

それとうちのヤカン。近所のホームセンターで三千円くらいで買ったホイッスル式のやつで、把手《とって》を持ってお湯を注ごうとして注ぎ口のフタを開けるとき、必ず四方に湯のしずくが飛び散って把手を持っている手にかかる。ものすごく熱い。どんなにそっとやっても

必ず飛び散る。把手を持つ前にフタを開けねばと思うがいつも忘れてしまい、だからよけいに憎くて仕方がない。お前も候補な。

ベランダに置いてある大きなジョウロ。把手が大きく輪になった素敵デザインと色に魅《ひ》かれて買ったが、二、三回使ったら先端のシャワーヘッド部分がパカッと外れて水が「どわーっ」と溢れ出た。テープで補強してみても三度に一度は「どわーっ」となる。もう今は使っていない。お前もダメ認定。

部屋の片隅で体育座りで頭をかかえたまま目の前にニンニク絞り器、ヤカン、ジョウロを並べてみる。思うさま優越感に浸るはずが、なぜかわき上がるこの親近感。気分は犬、猿、キジをお供に連れた桃太郎だ。いや違うな。そもそも退治したい鬼などいないし、見れば見るほどこの役立たずな物たちと自分のあいだに上下関係などないと思えてくる。

ならばブレーメンの音楽隊でどうだろう。一人ひとりは非力だけれど、力を合わせれば強い相手を脅かすことも云々。次の打ち合わせには四人で参加しようか。ニンニク絞り器と、ヤカンと、ジョウロと、私と。

体操

何がつらいといって、何か運動はしていますか、と訊かれるほどつらいことはない。私の運動不足ぶりときたらすごい。

スポーツと名のつくものを一切やっていないどころか、一日じゅう座っていてほとんど歩くことがない。歩いた最長距離が郵便受けまで、という日も少なくない。一日の歩数が三百歩にも満たない気がして、恐ろしくて万歩計を装着できない。

このままではまずいのはわかっているが、今さらスポーツなどとても無理だ。スポーツを始めるための最低限の体力と運動能力すらない自信がある。ジムに通う、ヨガを習う等も考えたが、それに付随して発生するかもしれない社交（更衣室での世間話、サウナにおける上下関係、グループへの勧誘、終わったあとのお茶の強要、それを断ったことによる罷免・糾弾および放逐等々）を考えただけで寿命が縮まる。

そこでラジオ体操をやることにした。やるのは数十年ぶりですっかり忘れていたが、ユーチューブに動画が上がっていた。

（腕を前から上にあげて、大きく背伸びの運動！）ああこの音楽。夏の思い出がいちどきによみがえる。社宅の早朝の中庭。首から下げるスタンプカード。（脚を開いて胸の運動！）上体を反らすたびに空と物置の屋根が見えた。今は散らかった逆さの居間だ。（前後に曲げる運動！）指がぜんぜん届かない。膝の後ろがつる。（腕を振って体をねじります）昔はここの部分をウルトラマンの気分でやった。上体のあちこちがポキッと鳴る。（脚を開いて斜め下に！）さっきいためた膝裏にさらなる打撃。このお姉さんたちはなぜこんなに柔らかそうなのか。（体を大きく回しましょう）目が回る。指先を壁で強打。

終わる頃には汗ぐっしょり、節々が痛かった。すみません。ラジオ体操を完全に舐めていました。こんなハードなスポーツは自分にはとても無理だ。

ボクサーのようにぐったり座って肩で息をしていたら、動画はそのままラジオ体操第二に移行した。第二は数えるほどしかやった記憶がない。あまり普及しなかったのは、やはりこの冒頭の〝ガニ股ふんばりポーズ〟のせいではあるまいか。大人よりも自意識の過剰な小学生には、これはちょっと恥ずかしい。それに、全体の難易度も第一より高くなっている気がする。

そういえば、ラジオ体操第三というのはあるのだろうか。気になってネットで調べたら、「幻のラジオ体操第三」という動画が出てきた。これは第二よりもさらに難しそうだった。

体をやたらぐにゃぐにゃさせるうえに、動きが複雑で覚えにくい。幻になったのも無理はない気がした。

だが、第一、第二、第三と数字が上がるにつれ難易度が上がるということは、逆に「ラジオ体操第X」のXの数値を小さくしていけば、理論上は易しくなるはずだ。そのどこかに私にもできる理想のラジオ体操があるのではないか。

ラジオ体操第0。大きく深呼吸をしたのち上下に跳びはね、両腕を前に伸ばしてぶらぶらさせ、首を何度かぐるぐる回したのち、ふたたび深呼吸。

ラジオ体操第-1。大きく深呼吸をしたのちその場で何度か足踏み、首をぐるぐる回して、最後に大きく深呼吸。

ラジオ体操第-2。大きく深呼吸。両手を何度かグーパーする。数回まばたき。深呼吸。

ラジオ体操第-3。椅子に座って大きく深呼吸。ゆっくりと目を閉じる。そのまま入眠。

このあたりまでくれば私でも楽勝だ。

何か運動をしていますか、と訊かれても、これからはもう怖くない。

会員

会員登録の順番を待っている。

この場所は前にも何度か利用したことがあった。国営なので手続きが厳重で、身分証明書を提示し、いくつもの書類を書き、ロッカーに荷物をすべて預けるなどした末にやっと入館を許された。

だが久しぶりに来てみると規則が改正されていて、利用に際しては、まずここの会員にならなければならなくなっていた。

地下の登録所に行くと、人が何列もの長椅子に腰かけて順番を待っている。あちこちに立札のようなものが立っていて、〈平均待ち時間　一時間〉と書いてある。出直そうかとも思うが、長椅子の人々は、一時間ぐらい何でもないという風情で、みな平然と待っている。そうするのが普通なのかもしれない。いやきっとそうなのにちがいない。

受付カウンターの列に並び、申し込み用紙に必要事項を記入し、ハガキほどの大きさの番号札を受け取ると、長椅子のあいている場所に腰をおろす。

周囲の人々にならって本でも読んで過ごそうと思うが、今日にかぎって本を持ってこなかった。仕方がないので、せいいっぱい平然のオーラを全身から発散させつつ、まっすぐ前を向いて待つ。そうしている間にも係員がつぎつぎ奥のほうから出てきて番号を読み上げ、つぎつぎと人が立ち上がって前に行き、会員証を受け取って出ていく。このぶんだと一時間もかからないのではないか。

時計を見る。十五分経った。係員が呼ぶ番号は二桁、それもかなり若いほうの二桁だ。私の番号は三桁の後半だから、まだ先は長い。だが本当にこれは受け取る順番なのだろうか。読み上げる番号は、三十二のあとに十六が来たり、そうかと思うと八とかになったり、必ずしも番号順ではないようだ。そうこうするうちに「二十二」と呼ばれて隣の女性が立ち上がった。この人、私より後に来て座ったのではなかったか。

私はこっそり周囲を見まわす。人々の持っている札の番号はどれも二桁で、三桁なのは私だけだ。いまカウンターから札を渡された人も、ちらりと見えた数字は二桁だ。しかも、みんなの持っている札はピンク色なのに、私のだけが白い。

急に動悸がして、とっさに札を隠す。小学校の時の、ぎょう虫検査の結果を思い出す。一人ひとり先生が紙を渡すのだが、一人だけ、ピンク色の紙をもらっていた子がいた。やっぱりばれたのだ、と思う。何がかは自分でもわからないが、そう確信する。何がま

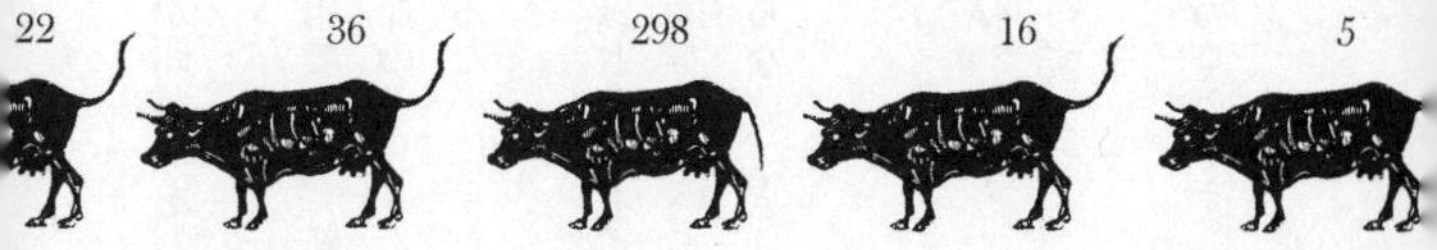
22
36
298
16
5

ずかったのだろう。書類の書き方だろうか。それとも私の態度に何か問題があったのか。必死にまとった平然のオーラを偽物と見破られたのか。

時計を見る。ちょうど一時間経った。どんどん人が立ち上がり、出ていき、新たに人が流入し、私だけが流れの中の岩のように不動のままだ。やはりそうなのか。みんなが知っていて私だけが知らない暗黙のルールがあって、それに違反しているために私だけ番号が三桁で、札が白く、永遠に会員になれないのだろうか。

ふいにあることに思い当たって、あっと叫びそうになる。十五分ほど前、トイレに行った。ダッシュで行って帰ってきたが、もしやその隙に呼ばれたのではあるまいか。やはり行って聞くべきではないのか。でも行けば白い札を見せなければならない。ぎょう虫持ちであることをみんなに知られてしまう。

私は結局立ち上がれない。もう一時間はとうに過ぎた。

ふと、こういう気持ちは初めてではないという気がしてくる。しょっちゅうこういう気持ちで座っていたことがあるような気がする。むしろ、生まれてからずっと、こういう気持ちでなかったことなどなかったことを思い出す。

あきらめとも安堵ともつかない気分がわき上がり、私はその上でぬくぬくする。もうどれくらい時間が経ったのかわからない。私の番号はまだ呼ばれない。

恋

子供のころ、よく文房具屋さんの店先に、ハンコの陳列ケースが置いてあった。今でもたぶんあるのだろう、六角形だか八角形だかの縦長のガラスケースの中にハンコが五十音順に差してあって、それがくるくる回転する。今はプラスチックか何かでできているが、当時のものは、枠が茶色い木製だった。

私はそれが欲しくて欲しくてたまらなかった。とくに通っていた小学校の斜め向かいにあった文房具店のやつは、いい具合に木の枠のニスがはげて、てっぺんあたりが装飾的に段々になっていて、ガラス戸の真鍮《しんちゅう》の把手《とって》も素敵に古びていた。

その店に行くたびに、私はノートや消しゴムを選ぶふりをしながらこっそりそのケースを観察した。ケースはその店で不遇をかこっているように見えた。ケースはうっすら埃をかぶっていたし、ハンコはあちこち歯抜けのまま補充されていなかった。世はシャチハタの時代だった。店の人は、そのケースが存在していることも忘れているように見えた。もしかして、もう要らないのではないか。言えばあんがい気軽にくれるんじゃないか。くれるような気がする。いやきっとくれる。

私は夜ごと寝床の中で、あれを不自然でなく貰い請けるためのシナリオを練り、ついにある日、意を決してお店に行った。他に客がいなくなるまで待ち、おもむろに、あの、これ、譲ってもらえませんか、と言った。店のおばさんは、え、なんで？　と言った。想定どおりの反応だ。そこで私はかねて用意の台詞を言った。こんど学校のお芝居で文房具屋さんの役をやることになって、それで使うんです。胸がドキドキした。我ながら完璧だった。だがおばさんはとたんに用心深い顔つきになって言った。これは使ってるものだから、ダメ。

そこから先、どうやって家に帰り着いたのか思い出せない。恥ずかしさと敗北感だけははっきり覚えている。あんなに完璧に思えた計画だったのに、瞬時に見抜かれてしまった。大人ってすごいな、と思った。商売って厳しいな、とも思った。怖いのと恥ずかしいのとで、その店には二度と行けなかった。

そのことがあったから、かき氷機では同じ轍《てつ》は踏まないよう用心した。

それは近所の駄菓子屋の店先にあった。どっしりとした鋳鉄製で、全体がうす緑っぽいペンキで塗られていて、横に大きなハンドルがついていた。私は用もないのにその店に行っては、しげしげとかき氷機を眺めた。ミニチュアの鉄橋のようなたたずまいも、正面に

岸本

透かし彫りにされた波頭のような絵と「氷」という赤い字も、見れば見るほど素敵だった。

何度も眺めているうちに、私はまたぞろかき氷機が無性に欲しくなってきた。どうにかして自分のものにできないだろうか。何か完璧な理由を……と考えかけて、寝床の中でぶんぶん首を振った。だめだだめだ。ハンコのケースのことを忘れたか。そもそも何て言うんだ？「こんどお芝居で海の家をやることになって」？私は駄菓子屋のおじさんの顔を思い浮かべた。文房具屋のおばさんよりも数段手強そうな大人だった。おそらく、私が何か言う前に「出ていけ！」と一喝されるだろう。

私は泣く泣くかき氷機を諦めた。それはまったく、相手の親に反対されて交際を断念する人の気持ちだった。

夏が終わり、秋になり、ある日私は夕方一人で道を歩いていた。それがどこだったのか、家の近所だったのかどうかも思い出せない。道端の薄暗がりに、件《くだん》のかき氷機が放置してあった。私は立ち止まった。まじまじと見た。間違いない。あのかき氷機だ。私はゆっくり回れ右をし、そろそろと元来た道を引き返し、やがて脱兎のごとく駈け出した。

不治の病

私は不治の病におかされている。それも一つではなく、いくつもの。

たとえば「カードの磁気が必ず弱い病」がそうだ。

薬局とかスーパーとか書店とか服屋で作ってもらうポイントカードの類。あれの磁気が必ずといっていいほど弱い。お店の人が磁気の部分に機械を当てる。「ピッ」と鳴らない。もう一度当てる。鳴らない。何度やっても鳴らない。けっきょくあきらめて手で何桁かの番号を入力する。三枚に二枚はそうなる。だんだんカードを出すのが億劫になる。ポイントは永遠に貯まらない。

あるいは、数十年来の運動不足を解消するために意を決して入会したスポーツクラブ。入口のところで会員証を機械に通すと、〈エラー〉と表示が出てカードがべっと吐き出される。何度やっても〈エラー〉と出る。係の人が来て、何桁かの数字を手で入力する。毎回その繰り返しに耐えきれず、けっきょく退会してしまう。健康への夢はついえる。

「カードの磁気が必ず弱い病」を患《わずら》う私は、「カードの表面がボロボロになる病」も併発している。ちゃんと財布の中に入れているにもかかわらず、なぜかカードが異常にボロボロになる。ことにひどいのはＳｕｉｃａだ。あの可愛かったペンギンのキャラクターは無残に剝《は》げて、禍々《まがまが》しい別の何かに変じている。「魔除けになるレベル」とまで言われた。一度どこかの駅で、駅員さんに「ひっ」と言われたこともある。

これらの病は、もしかしたら「普通に触っただけなのにパソコンがフリーズする病」と何らかの因果関係にあるのかもしれない。

ついさっきまで他の人が使っていたパソコンを、ちょっといじっただけで動かなくなる。普通のところを普通にクリックしただけなのに、砂時計のマークがいつまでも消えなくなる。あるいはカーソルが動かなくなる。マウスが利かなくなる。画面がふいに真っ青になり、不穏な文字列が出る。

もしかしたら私の指先からは、すべてを腐らせる光線のようなものが出ているのだろうか。その腐れ光線がカードの磁気をダメにし表面をボロボロにし、パソコンのシステムに深刻なダメージを与えるのだろうか。

私を襲う不治の病はそれだけではない。

「使い捨てコンタクトレンズの左だけが早く減る病」もその一つだ。理由はわからない。左右同じ数を同時に買い、一枚ずつ使っているはずなのに、気づくとなぜかいつも左だけ

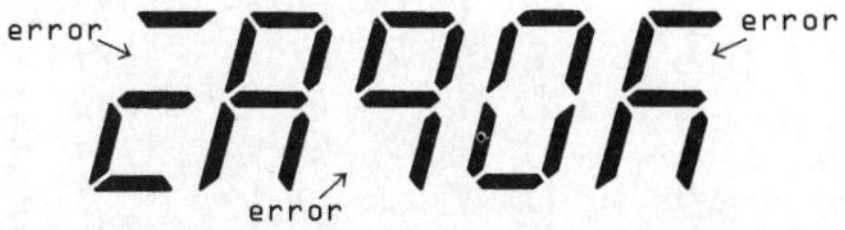
error
error
error

が多く減っている。買い足す頻度は右対左でおおよそ一対一・三だ（いま調べたらほぼ同数残っていたが、これは周回遅れで偶然そうなったためだ）。特に左だけ破損したとか紛失したとかいうこともないのに、なぜそうなるのかは謎だ。何者かが私の留守に左のコンタクトだけ抜き取っているのだろうか。それともどこかに自分の知らない目がもう一つあるのだろうか。考えたくない。

さらに深刻なのは「靴下のかかとがいつの間にか甲のほうにまわってしまう病」だ。病歴は長い。かれこれ幼稚園時代からずっと思っている。朝どんなに気をつけてはいても、午《ひる》まえにはもう甲にまわっている。ちょっと歩いただけでまわる。直してもすぐまわる。最近は主にスリッパ生活なのでますますまわりやすく、家の中ではほぼ常に〝甲かかと〟状態だ。最初から甲かかとにしておけば正しい位置に戻るかと思ってやってみたが、それだと全然まわらない。

最近ではもう、靴下とはもともとこういうものだったような気がしはじめている。

名は体を

名前とその人の関係、というのがいつも気になる。

たとえば食べ物の名前が含まれている苗字の人を見かけたりすると、その人がその食べ物にどういう感情を持っているか、訊いてみたくてしかたがない。

たとえば桃井さんは、桃を食べ物として好きだろうか嫌いだろうか。桃を食べるたびに自分を食べているような気分になるだろうか。生まれた時から「桃」という言葉を何万回と聞いたり言ったり書いたりしすぎて、もういいかげん桃にはうんざりだろうか。それとも逆に感覚が鈍麻してしまって、特に何の感興もわきおこらないのだろうか。他の、たとえば柿本さんとか梨田さんとかに対して、ほのかな連帯感もしくはライバル心をいだいたりするのだろうか。

私などは桃が好きだから、もし何かの理由で自分の名前が急に桃井や桃川に変わったら、きっと朝から晩まで唾《つば》がわいて仕方がないのではないかと思う。

そのあたりのことを当事者に聞いてみたいが、あいにくと桃のつく知り合いがいない。

(ちなみに同じくらい好きな栗については、田栗さんという友人にいちど思い切ってたずねてみたことがある。返ってきた答えは「栗は好きだし、自分の名前がけっこう嬉しい」というもので、「やはりそうか」と思うと同時に、ますますうらやましくなった。)

だが逆に、体質的にどうしても受け入れられない食べ物が自分の名前に入っている、ということもあるかもしれない。

たとえば、海老アレルギーなのに海老蔵を襲名してしまった、ということも起こりうるのではあるまいか。名乗ったり呼ばれたりするたびにアレルギーの嫌な思い出がよみがえり、つらくはないだろうか。それともそこは芸の道、血のにじむ努力の末に精神的な隔壁を形成し、名前と自我を切り離すことに成功するのだろうか。しかしそれでは名前とともに受け継いでいくはずの芸が、いつまでも身につかないということになりはすまいか。心配は尽きない。

名前が先か、人間が先か問題についてもよく考える。

そう、星出《ほしで》さん問題だ。スペースシャトルか何かで宇宙に行ったり帰ってきたりまた行ったりしているあの星出さんは、もし田中という名前だったとしても、やっぱり宇宙に行っていただろうか。たまたまこの名前であったがために星に興味をもつようになり、長じて宇宙飛行士になって、本当にこの星を出てしまったのではあるまいか。

長十郎

それとも、何もかも完璧な優等生が「出木杉くん」であるように、宇宙人に居候される男子が「諸星あたる」であるように、ムカデに変身する会社員が「ザムザ」であるように、宇宙に行くキャラだから「星出さん」なのだろうか。この世界は本当はペラペラした作り物の書き割りで、見えないどこかで誰かがそういうことを全部決めているのだろうか。名は体を表しすぎている星出さんの名前を見るたびに「はは、おもしろ」と思ったあとで、何となく体のどこかがスウスウするのは、そのせいなのだろうか。

そういえば何年か前のオリンピックで、ハンマー投げ金メダルの選手のドーピング疑惑がもちあがり、メダルを剝奪されたために日本の選手が繰り上げで一位になったことがあった。尿検査の際にカプセルに入れた他人の尿を肛門に隠していたという疑惑だったのだが、その選手の名前はアヌシュさんだった。

オリンピックは嫌いだが、このエピソードだけ、ちょっと好きだ。

羊羹

今年の夏は暑かった。暑くて、長かった。

個人的には、死ぬほど暑い夏、全身汗みずくになって朝早く目が覚める夏、Tシャツを何枚も何枚も着替える夏、それで山ほど洗濯物が出るけれど干せば一瞬で乾いてしまう夏、ちょっと油断すると朝顔の葉がしんなりとしていてあわてて水をやるとすぐにシャキンとなる夏が好きだ。だがいっぽうで、夏が来るたびに軽く動揺もする。

太陽、熱すぎないか。

何十年も生きてきたのに、いまだに完全には慣れることができない。

だって、いくら太陽が大きいといっても、地球からどれだけ離れていると思っているのだ。人類はひいこら言って、大騒ぎしてやっと月まで行ったが、そのさらに千億万億倍も離れたところに太陽はあるのだ。

それなのに、この遠い遠い地球の、その地表にいる点のような私にまで立ちくらみを起こさせ、うっかり触ると「あちち」となるくらいに鉄の手すりを熱くさせるとは、なんかちょっと容赦がなさすぎないだろうか。

地球でこのありさまだから、もっと近づいたらどうなることかと心配になる。いちばん近い水星なんか、よく蒸発せずにいられるものだ。（いや、でもたしか水星の表面はどろどろに溶けて、鉛の川が流れているのだ。私の科学的知識の主たる源である『少年マガジン』の二色グラビアのイラストでは確かにそうなっていた。）鉄腕アトムが溶けるのも無理はない。

もう一つ、いまだに完全には慣れることができないものの、言うのがはばかられることがある。

夜だ。いくらなんでも暗すぎると思う。

昼間はあんなに明るかったのに、ちょっと落差が極端すぎやしないか。

もちろん理屈ではわかっている。太陽の光が完全にさえぎられたのだから、暗くなって当たり前だ。私たちの目をくらませ海の青を大気に反射させていた光が去り、外側の宇宙が目に見えるようになった。それが夜空だ。

そう。この、「宇宙が直接見えてしまう」というあたりが、ちょっと恐ろしいのかもしれない。

昼間は木々の緑や空の青やいろいろな色や音に囲まれて気づかずにいるけれど、けっき

ょく私たちはみんな暗くて冷たい真空の暗黒空間に浮かんでいるのにすぎない。そのことを思い出させるのが、夜だ。『マトリックス』で、五番街をさっそうと歩いているつもりが、実は全員禿頭で灰色の顔をして培養されていただけ、というのにも似た衝撃だ。

ここは宇宙だったのだ。自分はあの暗く冷たい何もない宇宙空間のただなかにぽつんと浮かんでいるのだ。夜、外を歩いているときにふとそのことを思い出すと、そのことをありありと感じて、首筋や背中のあたりがすうすうする。その首筋や背中のすぐ後ろから、もう暗黒の宇宙は広がっている。自分と宇宙が、いまじかに肌を接している。

ところでさっき宇宙のことを真空と言ったけれど、実はそれは正しくなく、私たちが何もないと思っている部分は、まだ科学では解明されない何かよくわからない物質で満たされているらしいのだ。

ダークマター。

いったいどんなものなのだろう。何か、羊羹《ようかん》みたいなものが星と星のあいだをみっしりと埋め尽くしているようなイメージだ。

夜の一人歩きは危険だ。ダークマター、と思ってしまった瞬間、私と肌を接している宇宙空間が真っ黒な羊羹に変わり、口から鼻から目から私の中になだれこんでくる。

夜　ベスト3

1.

真っ暗な中庭に長いこと立たされたことがある。

私は小学校の低学年で、近所の幼稚園の庭でキャンプファイヤーのようなことをやった後だった。

大勢で火を囲み、歌をうたったりゲームをしたり、何かを焼いて食べたりした。そのころ所属していた、ブラウニーというガールスカウトの下部組織の行事だったかもしれない。会がお開きになって火が消され、年長の子たちは帰ったのに、なぜか私たちだけそのあと中庭に移動させられて、しばらくそこで待っているように言われた。

幼稚園の中庭には照明が一つもなく、真の暗闇だった。待つように言った大人はどこかに行ったきり戻ってこなかった。十人ほどいた私たちは適当に話したり笑ったりしていたが、目が見えないと、なぜだか耳も聞こえにくかった。そのうちだんだん怖くなってきた。いま考えてもなぜあんなに怖かったのかわからない。とにかく夜が怖かった。いちど怖いと思うともうとめどがなかった。みんなも同じように怖がっているのかと思えば、暗がりのどこかでふいに誰かが笑ったりして、孤独が恐怖をいや増した。「夜」と「暗闇」と「怖さ」が一緒くたに物質化したタールのようなものに飲みこまれてしまうような気がした。もうだめだ死ぬ、と思った瞬間、ぱっと斜め上で黄色い明かりがともった。中庭に面した家の窓に電気が点《つ》いたのだ。窓の向こうで誰かが動きまわるのが見えた。

明かりが点いてみれば、何ということのない、見慣れた狭い中庭だった。拍子ぬけだった。けれどもあの時の、絶望のどん底から一気にトンネルを抜けたような、あの圧倒的な感じは四十年以上経った今も完全には消えていなくて、だから私はおそろしく悲観的なくせに、最後までは絶望しきれない。

2.

終電で帰ったら終バスはとっくに出ていて、タクシーもなかったから歩いて帰ることにした。通りはがらんとして、人っ子ひとりいなかった。自分の足音だけが響く。見渡すかぎり続くまっすぐな道を一人で歩いているうちに、この一本道が人生の比喩であるような気がしてきた。すると足元からぞわぞわと寂しさの波がはい上がってきた。足が止まり、今にも道の途中でしゃがみこみそうになった。もう永遠に家に帰れない気がした。

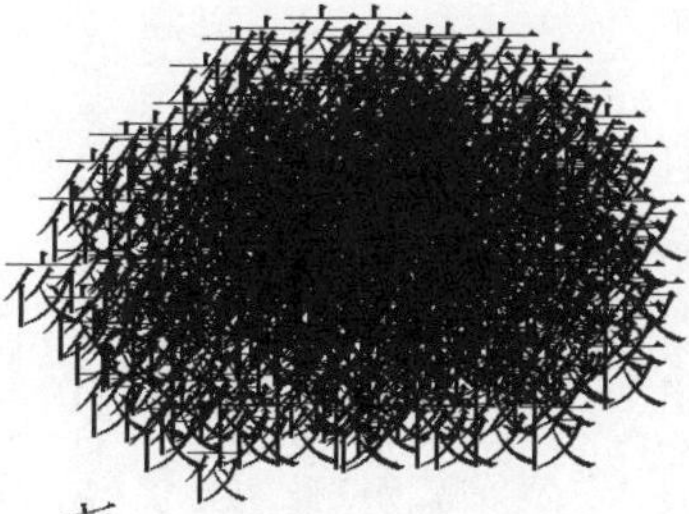

夜

その時、前の日に何かで読んだ、人間の体は六十兆の細胞でできている、という一節がよみがえった。六十兆。もはやどれくらいの多さなのか、想像することもできない。それほどたくさんの数の一個一個がぜんぶ自分なのだ、と思ってみた。するとどうだろう。なんだかひどく頼もしい気がしてきて、寂しさの波がすうっと退いた。曲がりかけていた膝が伸び、出なかった一歩が自然と出た。それはもはや独りぼっちの一歩ではない。六十兆の大軍団の、声なき大移動だ。私は一隻の巨大な艦となって、ゴゴゴゴ、ズウン、と音を響かせながら航路を進んだ。足を前に踏み出すたびに、六十兆ぶんのミトコンドリアやリボゾームやゴルジ体がふいごのように勤勉な働きをするのを感じた。遠くにまばゆい港の灯が見えてきた。あそこに寄港して、ビールか何かを給油することにしよう。私はうれしくなって、ぼおうっと太く汽笛を鳴らした。

3.

何年か前の夏の夜、銀座四丁目の横断歩道を渡った。ふと見ると、私の横を一匹のゴキブリが並んで歩いていた。私とゴキブリは、連れのように並んで横断歩道を渡りきった。敵味方の間に芽生える友情、というものが、一瞬だけ理解できた気がした。

雨と洗濯

朝、寝床の中で目を開く前に、雨だとわかった。

痛恨だ。

ゆうべ寝る前に、朝までに洗いあがるように洗濯機のタイマーをかけてしまったのだ。きっと今ごろ洗濯機の中では、大量の洗濯物が脱水を終えた状態で、暗がりの中で蒸れていることだろう。

なぜ翌日の天気予報を確かめなかったのか。

私は目を閉じたまま、あれだけ大量の洗濯物を家の中のどこに干そうかと思案する。

こんな時にあれがあればよかったのにな。

あれ、というのは前日に通販の雑誌で見た、浴室の天井から物干し竿を吊るせるようにする器具のことだ。

電車の吊り革を少し長くしたような形状の棒を二本、浴室の天井に取りつけて、輪っか部分に物干し竿を通す。

目を閉じたまま、その器具を浴室の天井に二つ、さっそく取り付けてみる。

しかるのちに物干し竿を輪っかに通そうとして、はたと困る。片方の輪に竿の先端を通し、もう片方の輪にもういっぽうの先端を通そうとするが、壁につっかえてしまってうまくいかない。何度やってもつっかえる。

なぜだ。欠陥デザインだろうか。竿を中ほどで折れ曲がるようにしたり、しなる素材にすればいいのか。でもそれだと強度はどうなる。

面倒だ。

いっそ、想念を物質化できればいいのに。

浴室に立ち、完成形の想念を送ると、輪っかに棒が通った状態のものが瞬時に天井に出現する。

ほほ。これは便利。

このテクノロジーを使えば、世の中の利便性がぐっと増すであろう。

片方なくしたイヤリングを補完するとか。壁の好きなところに窓をあけるとか。もう一度食べたかった料理を再現するとか。なくした傘を復活させるとか。

でもなあ。そんなテクノロジーが普通になったら、世の中大変なことになりはしないか。みんなが勝手にいろんなものを出現させたりしたら邪魔でしょうがないし、経済も破綻だ。

高速道路上に急に大岩を出現させる、なんていうテロも可能になるだろう。

そこでそれ専用の警察が結成されることになる。想念ポリス。

特殊な想念の訓練を受けた検閲官が、有害な想念の物質化を感知し未然に防ぐとともに発信元を特定して逮捕。

想念刑事と国際的想念テロ組織の血で血を洗う、いやたぶん血は一滴も流れない、物質化した龍や戦車や巨大ロボットを駆使した死闘。

敵の差し向けた物質化された想念美女との道ならぬ恋。

そしてついに地球を丸ごとふっとばせるほどの核兵器の物質化に着手した敵組織と、意識を連結させて巨大想念を産み出すことでそれを阻止しようとする国際想念警察チームとの最終決戦の行方それは。

ここまで考えるのに七秒。

まだ目は開けていない。

外はあいかわらず雨の音。

どうする洗濯物。

想念の力で雨を止めてみる。

だめだった。

地獄

勤め人だったころ、というのはもう四半世紀ぐらい昔のことになるわけだが、同じ部署の先輩と社用で出かけた日があった。

複数の取引先をまわり、午後いっぱいをあわただしく過ごした私たちは、自社のビルを目前にしてぱったりと足が止まった。あまりにもへとへとで、駅から会社までたどり着く気力も体力も、もはや残っていなかった。

「しかたない。どこかで座ろう」先輩の英断により、私たちは駅ビルの中にある喫茶店に入った。

ふかふかの椅子に座り、コーヒーと甘いものを頼むと、やっと少し人心地がついた。オアシスにたどり着いた砂漠の民の気分はこういうものかと思った。店の大きな窓からは自社ビルを眺めることができ、そのかすかに背徳的な感じも愉快だった。

それからしばらく、私たちはコーヒーを飲みケーキを食べながら話をした。最近観た映画や読んだ本のこと。会社の誰それや知り合いの面白いエピソード。生まれ育った場所のこと。UFOやUMAのこと。話ははずんだ。ふだんそれほどしょっちゅう話す仲ではなかったが、この日は何を話しても面白く、途中何度も腹をかかえて椅子にうずくまって笑いさえした。疲れすぎて何かおかしな脳内物質が出ていたのかもしれない。そしてたぶん、直線距離にして数十メートルの会社に帰るのを、あとちょっとだけ先延ばししたい心理も働いていた。

どれくらいしゃべっただろう。気づくと窓の外は暮れかけていた。先輩がテーブルの上のレシートを手に取った。

「いやーよくしゃべったな」と先輩が言った。それから一拍おいて、また言った。「いやーよくしゃべったな」

「なんで二度言うんですか」私も言った。それからまた言った。「なんで二度言うんですか」

「いやいやいや言ってないって」先輩がいったん取りあげたレシートを下に置いた。「いやいやいや言ってないって」

「言ってますって」私も浮かせかけた腰をふたたび椅子に落として言った。「言ってますって」

そこから先はとめどなかった。何もかもを二度ずつ言った。二度言いながら、ヒイヒイ笑った。言わずにいられなかった。何度もやめようとしたが、そのたびにまた言った。

kaerunoutaga…
kaerunoutaga…

「もうお前いいかげんにしろよ。もうお前いいかげんにしろよ」

「先輩こそやめてください。先輩こそやめてください」

終業時間はとうに過ぎ、窓の外は暗かった。会社のビルから人がぞろぞろ出てくるのが見えた。それでも私たちは帰ることができなかった。飲み物を注文しなおし（「カフェオレと水ください。カフェオレと水ください」「同じものを。同じものを」）、さらに果てしない二度言い地獄に落ちていった。

いったいどれくらいの時間がたっただろう。笑いすぎて腹筋が痛いのに、楽しさはなく、ただひたすら苦しいだけだった。どちらかがやめればそれですべては終わるはずだったが、たったそれだけのことができなかった。意地を張っていたわけではなく、反射的に口が言ってしまうのだ。二人とも、もはや神経の奴隷だった。私たちの帰るはずのビルにともる明かりはきらきらとまぶしく、とても遠く感じられた。二度とあそこに帰れない気がした。

ある瞬間、どちらもぐったりと座っているだけの沈黙が訪れた。私たちは無言で顔を見合わせた。これが最初で最後のチャンスだ。そんな気がした。先輩がそろそろとレシートに手を伸ばし、立ちあがった。私も立ちあがった。

「そろそろ帰るか」先輩が言った。「そろそろ帰るか。そろそろ帰るか」絶望的な表情で、先輩はゆっくりとレシートをテーブルに戻した。

たき火

いちばん太い流木にやっと炎が燃え移り、車座になって座る私たちの顔を明るく照らしだす。今夜は風もなく波の音が静かだ。

「言っても誰も信じてくれないんすけどね」

最初に口を開くのはハッタ君だ。ハッタ君は私が勤め人だった頃の取引先の人で、よくいっしょに飲みに行った。巨体を折り畳むようにして砂の上で膝をかかえ、ベージュのスーツにネクタイ姿が海辺に似合わない。

「赤ん坊のころ、母親の母乳の出がむちゃくちゃ良かったんすよ。それで一度、母乳が爆発的にあふれて口や鼻にかかって、溺れ死にしそうになったことがあるんです。怖かった。今でもときどき夢に見ますよ。それがいちばん古いトラウマかな」

そう言ったあと膝をかかえなおし、小声で「嘘じゃないっす」と付け加える。ハッタ君はフライドチキンもTボーンステーキも骨までバリバリ嚙み砕いて、皿に何も残らなかった。私は彼の話を信じた。他のみんなも黙ってうなずく。

「あたしはね」

次に言うのはウメちゃんだ。ウメちゃんは小四のころの同級生で、よく公園の砂利を鉄柱の穴に詰めたりして遊んだ。卒業以来会っていないので、今も小学生の姿のままだ。

「前に住んでた船橋の家のトイレがボッチャン式で、そこに落ちかけたことがあるんだ。ギリギリでふちにつかまって、しばらくぶらーんってぶら下がってた。暗くて狭くて、すごく怖かった。助けてって叫ぼうと思ったのに、なんでか『キヒヒヒ』って笑い声が出ちゃって、そしたらお兄ちゃんが気がついて引っぱりあげてくれた」

ウメちゃんは、当時気に入ってよく着ていた紺地に黄色い鎖の柄のワンピースを今日も着ている。ウメちゃんのお兄さんは肥満児で、少し怖かった。家は肉屋さんだった。

少し風が出てきた。炎があおられてパチパチ音を立てる。

「わたしは人生最初の記憶が最初のトラウマでもあって」

メグミさんが静かに語りだす。会社のときの同期で、部署もいっしょだったから、よく話をした。笑い顔が困ったようで、歩くときぜんぜん足音がしなかった。

「幼稚園の年少組だったとき、園の門の前で汲《く》み取り車が横転したことがあるの。もう地獄みたいな眺めとにおいだった。みんなでハツカダイコンの種をまいた畑まで汚水で水びたしになって、とても悲しかった。帰りは細い板を渡した上を歩かされたんだけれど、生

きた心地がしなかった」

輪の中からうわあ、とか、それはそれは、と声が上がる。

「でもそれだけで終わらなかった」とメグミさんは続ける。「しばらくして、園のおやつにハッカダイコンが出た。『さあ、みんなで育てたものですよ』って。みんな平気な顔で食べてた。仕方なく、わたしも泣きながら食べた」

誰もが黙って火を見つめていた。燃えさかる流木の一本が崩れて、火の粉が舞い上がる。風が少し強くなる。

次は私の番だ。さあどのトラウマを話そうか。お祭りの金魚すくいのあれだろうか。幼稚園の送迎バスの、あれだろうか。それとも車の教習所の、あのことを話そうか。

大きく息を吸い込んで顔を上げると、誰もいない。メグミさんも、ウメちゃんも、ハッタ君も。暗闇の中に、たき火だけが明るく輝いている。

いつもこうだ。みんな私の中にいつまでも残るトラウマ話を置いて、どこかに行ってしまう。

みんな今ごろどこでどうしているだろう。元気でいるだろうか。また会うことがあるだろうか。

大きく吸い込んだその息のまま、ふっと火を吹き消す。

初心

汚れっちまった悲しみすら感じなくなって久しいすれっからしの私だが、このところ初めての体験に胸ときめかせている。それは「や」だ。

「やく」とか、そういった類の「や」ではなく、ひらがなの「や」だ。

半世紀以上生きてきて、今までずっと「や」の書き方をまちがえていた。

一筆めの、あのヘアピンカーブを書いたあと、その曲がり鼻の右上空に次の「チョン」を浮かべる。しかるのちに左上から右下に向かって斜めに槍を突き通す。

と、半世紀近くずっと信じていたのだが、二筆めの「チョン」は上空に浮かせるのではなく、カーブの途中に軽く突き刺すのが正しいらしい。

そのことを人から指摘されたのが今から二週間前。

いらい、ひらがなの「や」を書くたびに、かつて経験したことのない新鮮な気分を味わっている。

字を書いていて、このままいくと「や」を書くことになるなとわかると、とたんに全神経が来たる「や」に向けて徐々に研ぎ澄まされはじめる。

そしていよいよ「や」まで来ると、手前でいったん手をとめて、心を落ちつけるために一つ深呼吸をする。私はもうまちがった「や」を書いていたころの私ではないのだ。生まれ変わった新しい私なのだ。そう自分に言い聞かせる。

ヘアピンカーブを書きながら、まず胸にわきあがるのは「済まなかった」という思いだ。何年か前、ゲラに赤字で「ちゃんと」と書いたら「ちかんと」になって刷り上がってきたあのとき。あのとき私は「どういう目しとんのじゃ」と怒ったが、まちがっていたのは私のほうだったのだ。いったい幾度、私はその調子で人さまに迷惑をかけてきたのだろう。その人たちに対して、いやそもそも「や」そのものに対して、申し訳ない気持ちでいっぱいになる。

そのいっぽうで、「なぜもっと早く教えてくれなかった」という淡い恨み、さらには「じつは自分はかつがれているのではないのか」というかすかな疑惑も頭をもたげる（なぜなら見るがよい、活字の「や」はチョンがカーブの上に乗っているではないか）。

胸に去来するそういったもろもろの念を振り払うように、裂帛《れっぱく》の気合とともに「チョン」を振りおろす。結界を破る。楔《くさび》を打ちこむ。誰もいないプールに一番に飛びこむような、大きなスイカに包丁を沈めるような、ぶどう羊羹《ようかん》に爪楊枝を刺すような胸のすく快感

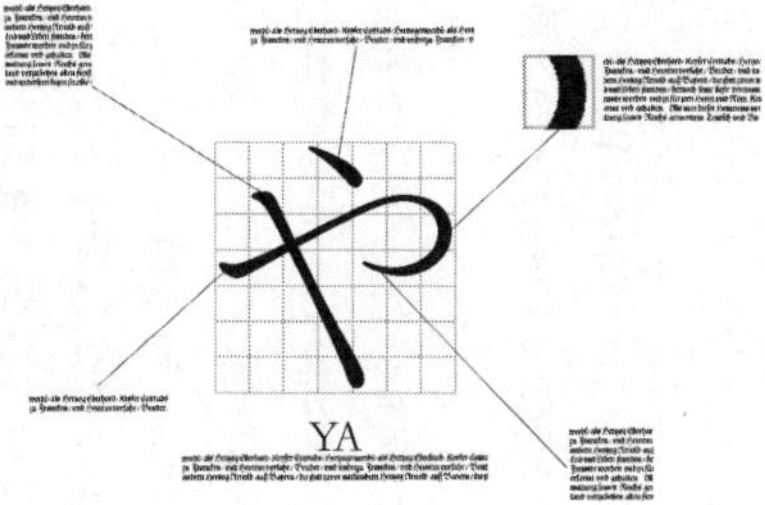
YA

が、へそから背骨を通ってうなじに抜ける。

そしてその感触が消えないうちに標本として長くとどめるために、仕上げに長いピンを打つ。

このわくわく感を味わいたいがために、さいきん私はやたらメモを取る。用もないのに手紙を書く。気づくとページの余白にいくつも「や」と書いている。まるで恋だ。

いつか「や」のときめきもすり減って、何も感じなくなってしまう日が来るのだろう。「チョン」をカーブに突き刺して眉一つ動かさない無感動な人間になってしまうのだろう。

でも私にはもう一つ切札がある。どうも私は「ちょうちょ結び」のやり方がまちがっているらしいのだ。昔から不思議だった。なぜ自分のちょうちょ結びだけが縦になってしまうのか。

また心の表面に硬い膜の張ったすれっからしに戻ったときのために、正しい「ちょうちょ結び」の習得は大事にとってある。

七月の私

一、

桃の季節には桃を食べる。桃ばかり食べる。

桃はおいしい。「おいしい」以外の形容詞を思いつかない。おいしいということのためだけに存在している。あまりに純粋においしいので、逆に不安になってくる。

だいたい桃は、人間にとってあんまり都合よくできすぎていないだろうか。薄皮の向こうをあんなふうに全部おいしい果肉と汁でいっぱいにして、「さあ、食べてください」と言わんばかりだ。話がうますぎる。何か裏があるとしか思えない。

おいしいに特化した果物はもちろん他にもある。たとえばイチゴ。イチゴもおいしい。しかも食べやすいようにわざわざ皮を省略し、面倒な種を小さくして、真っ赤な色でおいしいアピールをしている。食べられる気満々だ。あのヘタだって、手に持って食べやすいようにああなっているとしか思えない。

それでも桃のほうがずっと妖《あや》しい感じがするのは、もしかしたらどことなく人っぽいからだろうか。色といい形といい表面の産毛の生えた感じといい、なんとなく人間の赤ん坊に似ている。その肉を食べているような背徳の感じがあるからだろうか。

というようなことについてつねづね考えているのだが、いざ桃を前にすると、そういう理性的な思考は瞬時に蒸発してしまう。桃を食べている最中に脳内を満たしているのは、ただ桃の味と匂いと食感と、あとは「桃だ！　桃だ！　桃だ！」「うひゃひゃひゃひゃひゃ」という自分の叫び声だけだ。桃やばい。

二、

まず底の部分を両手で包みこむようにしてそっと持ちあげ、鼻に近づけて思うさま匂いを嗅ぐ。くんかくんかくんか。しかるのち、その手をあっちに傾けこっちに傾けし、茶器を鑑賞するようにして色や形を愛《め》でる。割れ目の絶妙さ産毛のビロード感を味わう。最後に桃を天に向かって高々と差し上げて感謝を捧げたのち、静かに元の場所に据え、軽く一礼する。これを日に数度繰り返す。

ここで初心者が注意しなければならないのは、いくら産毛が柔らかそうだからといって、頬ずりをすることは厳に慎まねばならないということだ。子供のころにうっかり桃に頬ずりをして顔が腫れた友人を私は知っている。ちなみに彼女はお中元の砂糖の丸い缶にお尻

がはまって抜けなくなったこともある。

三、

桃をご神体にした桃教、というのはないのだろうか。じっさい桃を食べている時、私の脳内では千人の土民の私が巨大な桃を取り囲み、「ウラー」と言いながらひれ伏している。

いろいろ調べているうちに〈江戸時代の伝承では、桃太郎は流れてきた桃から生まれたのではなく、桃を食べたお爺さんとお婆さんが若返って契《ちぎ》った結果生まれた〉という衝撃の事実を知るも、「桃教」の存在は確認できない。

四、

もうすぐ桃のシーズンが終わる。

別離に少しずつ自分を慣らしていくために、桃を前に置いて「もうすぐお別れだね」と言ってみる。「行かないで！」と縋《すが》りついてみる。「一生、お守りします」とかも言ってみる。

いったい何から守るというのだろう。

「会計のとき桃のパックの上に平気で物をのせるスーパーのレジ係」、だろうか。

今日もまた一つ、桃を食べた。

エクストリーム物件

このあいだ、心ときめくニュースを読んだ。

地下鉄のトンネル内で一人の老人が捕まった。その人は三十年くらい前に切符を買って地下鉄構内に入ったあと、ずっとトンネルの中に住みついていたのだという。地下鉄職員のあいだでは、以前からトンネルに「地下鉄仙人」が住んでいるという噂がささやかれていたが、都市伝説ではなかったのだ。

彼がどういう罪状で逮捕されたのかはわからない。本人は「買った切符で入って一度も出ていないのだから罪ではない」と主張しているらしく、一理あるような気がするが、きっと何かがだめなのだろう。

そんなことよりも私がわくわくしたのは、トンネルの中での暮らし、という想像だった。

トンネルだから当然真っ暗だ。じめじめしてカビくさい。そしてひっきりなしに電車が通る。でもきっとそこかしこに秘密のくぼみや温かい風の吹き出すところやきれいな水の染みだす場所があって、彼はけっこう快適に眠ったり水浴びしたり食料を調達したりしていただろうか。そして窓から月を眺めるように、ごうごうと音をたてて通りすぎる電車の明るい窓を柱の陰から見上げていただろうか。

昔から、極端な場所に住むことに憧れがある。疲れているとき、物悲しいとき、にっちもさっちもいかないとき、気がつくと頭のどこかでエクストリームな場所での暮らしを夢見ている。

そうした夢のエクストリーム物件の一つは、もう何十年も前に大手書店チェーンのコマーシャルで見た崖の小部屋だ。海に面して切り立った白い崖の途中が四角くくり抜かれていて、奥の壁には本棚や物入れなども、ぴったりのサイズにくり抜いて作ってある。そこに人がのうのうと寝そべって、読書したり居眠りしたりして暮らしている。理想の生活だ。灯台、視聴覚室、百葉箱、時計台、スーパーカミオカンデ、跳び箱の中なども、住んだらどんなだろうと心くすぐる。

もっと疲れて、もっと物悲しく、もっとにっちもさっちもいかなくなると、夢見る棲みかはもっと無理めになっていく。

たとえば空から落ちてくる雨粒の一つに住んでみたい。三百六十度透明なドームの中に浮かんで、歪《ゆが》みながらつぎつぎ変わっていく外の景色をのんびり眺めて暮らす。何千メートルの距離を地面まで落ちるあいだに、雨粒の中では百年が経っている。

羊の中。馬やチーターみたいには揺れることもなく、ぬくぬくと居心地がよさそうだ。胎児のように体を丸めて羊毛ごしにくぐもった鳴き声や草を食《は》む音を聞き、退屈したら毛をかきわけて、どこかの孔《あな》から外の世界を覗き見る。いつ見ても、見えるのは田園の緑と仲間の羊のもこもこした白だけだ。

文字にもそそるのがある。「鼎」とか「凹」なんかはいかにも魅力的な間取りだし、「畳」や「臨」の部屋数の多さにも心ひかれる。「凡」のすっきり物のない暮らしにも憧れるし、「Q」や「乙」の曲線に寄りかかって、ゆったり足を伸ばしてみたい。

いちばん最近の憧れ物件は赤パプリカだ。へたを落として中を覗きこんだら、そこには素敵な住空間があった。赤い壁ごしに光が射しこんで、顔も手足も肺の中まで赤く染まってしまうだろう。頭上の種がシャンデリアのようだろう。甘苦い匂いでむせかえるようだろう。飽きたら黄パプリカの別荘に行こうか。

ところで冒頭に書いた地下鉄のトンネルに住んでいた老人の話は、後日ニセのニュースだったとわかった。地下鉄仙人はいなかったのだ。でも関係ない。あのとき感じたわくわくは、まだ私の中に消えずにある。今は私が彼の代わりにトンネルの中に住んでいる。私が地下鉄仙人だ。

洗濯日和

台風が去ったあとの、からりと晴れた日だった。

洗濯物を干すために物干し竿を所定の輪に通した。

片方を通しそこねて、竿のいっぽうの端が落ちてベランダの床に強く打ちつけられた。

衝撃で先端についていたプラスチック製のキャップ様のものが割れ、物干し竿の中から
ドロドロの液体が流れ出た。

それはもう本当にものすごくどろりとして濃度の高い、赤茶色の液体だった。

しかも意外なほど大量で、液体はみるみるベランダの床に広がっていった。

その瞬間、自分が三つに分かれた。

私の私はわっわっ、と思った。何だこれ。なんでこんなもんが物干し竿の中に入ってたんだ。しかもなんでこんなにドロドロなの。錆なの？　泥なの？　キモいんですけど。あっしかも服についた。えっえっなんで服につくとピンク色になんのこれ。洗濯で落ちんのこれやだ。ひょっとして有毒物質？　それとも宇宙からの生命体かなんんか？

いっぽう、私の意識は物干し竿から出てきたドロドロの液体のほうにもあって、そのドロドロの液体の私はやっぱりわっわっわっ、と思っていた。

わっ何ここ。わっ何まぶしいんですけど何これ。何これどこれどういうこと。形保てないし。わーって広がっちゃうしわーって。やばいやばいやばい。帰りたいです。もとの真っ暗がいいです。自分死んだの？ これ死後の世界なの？ こわいよ助けてこわいよ。しかしドロドロの中には一部進取の気性に富む者もいて、それらの私はひゃっほう、と思っていた。

ひゃっほう。やった。ずっとずっとこの時を待っていた。苦節十二年。信じて待っていてよかった。おかしいと思っていたんだ。世界がこんなに真っ暗で狭くて細長いはずはないって。こんな金くさいはずはないって。ああ。ああ。この色彩。この風。どこまでも広がっていけるこの無限の空間。生きている。私はいま生きている！

おびえと歓喜の両方をはらみつつドロドロの液体の私がベランダの床を惑いながら広がっていくいっぽう、斜めに落ちた物干し竿の私は深く恥じていた。

ああなんてこと。自分の中からこんなものが出てきたなんて。こんな茶色くて汚くてドロドロしたものを身内に隠していたなんて。銀色メタルの直線の硬質の輝くボディのこの私が。ああ恥ずかしい。死んでしまいたい。

でも何なのだろう、体の中にぽっかりと空洞ができてしまったようなこの感じは。もしやこれは寂しさ。なぜならあのドロドロは私が十二年かかって育んできた自分の分身。少しずつしみこんだ雨水と自らの成分とで醸した私の大事な子ら。行かないで。帰ってきて。ほら、もう一度、この中に。私の胎内に。

その瞬間、ドロドロの私と物干し竿の私と私の私は完全に等価だった。三つに分かれたまま、私は長いことベランダに立っていた。ドロドロを拭かねばという思いとどこまでも自由に広がりたいという思いと戻りたいという思いと恥と喪失感とその他何やかやのベクトルが均等に引き合って、微動だにすることができなかった。

台風が去ったあとの、からりとよく晴れた洗濯日和だった。季節外れの黄色い蝶がひらひら飛んできて、サンダルの爪先に止まった。

パンクチュアル

二か月くらい前から、肩が痛い。

右の腕が斜め四十五度ぐらいまでしか上がらないし、服を脱ぎ着するのに振りかぶった拍子に激痛が走って悶絶する。

ついに来た。あの有名な五十肩が。

日々の痛さ不便さはそれはそれとして、私はなんだか感心した。五十代でちゃんと五十肩になった自分に。

これまでの人生、できる遅刻はすべてし、破れる締切りはすべて破ってきたこの私なのに、なんというパンクチュアルさであろう。

つまり、人間の中身がどんなにぐうたらで時間の観念がなかろうと、肉体はちゃんと内蔵されたプログラムに沿って正確に動いているということだ。

そう考えたとき、ああ自分は本当に死ぬのだなと初めてわかった。

人間社会のルールにことごとくなじめなかった自分だが、こうして立派に型通りに五十肩になり、いずれ立派に型通りに寿命が来て死ぬのだ。

そうとわかると急に焦る。やりたいのにやっていないこと行きたいのに行っていない場所がまだ山のようにある。

プログラム通りならあと三十年くらい時間があることになるが、やはりプログラム通りなら最後の何分の一は体が満足に動かないであろうから、残された時間はますます短い。やりたいこと。行きたい場所。たくさんあった気がする。だがそれは何だったろう。どこだったろう。

パソコンの、〈行きたいところ〉というフォルダを開いてみる。

ブダペスト。ウユニ塩湖。キジー島。ガラパゴス。ブエノスアイレス。グリーンランド。ソコトラ島。

全部行きたかったところのはずなのに、いや実際行ったら面白そうなところのはずなのに、もう何かがちがう気がする。

私が心の底からやりたいことは、たとえば、「つるっつるすること」だ。

完全に滑らかな、摩擦ゼロの平面を、どこまでもどこまでもつるっつると滑っていきたい。その究極のつるっつる感だけを無限に味わいたい。

氷ではぜんぜん足りない。摩擦が完璧にゼロではないし、だいいち冷たい。

1 2 3 4 5 6 7 8 9 10
11 12 13 14 15 16 17 18 19 20
21 22 23 24 25 26 27 28 29 30
31 32 33 34 35 36 37 38 39 40
41 42 43 44 45 46 47 48 49 50

むかし物理の問題で、「滑らかな平面の上を移動する球体a」が出てきたことがある。（この時、平面の摩擦はゼロになるものとする）と但し書きがあった。私がつるっつるしたいのはその問題の世界だ。問題は解けなかったが。

あるいは私がやりたいのは「ふわっふわすること」だ。何かよくはわからない、とにかくふわっふわのものに、全身をくまなく包まれて、ただひたすらふわっふわしたい。

これもやっぱり綿とかではだめだ。羊の群れともちがう。だいいち羊は臭いしうるさい。もう理論上でしか存在しえないような、そんな究極のふわっふわを、純粋な感覚として、ただ味わいたい。

つるっつる。ふわっふわ。くらっくら。ぽよんぽよん。究極のそれら。

どれも、現実世界に生身の肉体をもったままでは味わえないことなのかもしれない。つまりもう、気持ちの上では死んだも同然なのかもしれない。肉体なんかないのかもしれない。

するとこの肩の痛みはいったい何なのか。

爆心地

私の度重なる抗議にもかかわらず、今年もまた冬季オリンピックは開催された。朝から晩まで勝った負けた勝った負けた勝った負けた、メダルを取ったの取らないの取ったの取らないの取ったの取らないので世の中が埋め尽くされる地獄の何週間かが始まってしまったのだ。

しつこいようだが、私にはどうしてもあの人たちが正気だとは思えない。冬は寒い。ただ屋外に立っているだけで大変につらい。下手をすると死ぬ。そんな生物にとって過酷な環境下にわざわざ重装備で出ていって、わざとこぶをつけた危険な斜面を滑り下りたり、ばかに高い坂を滑降したあげくに宙を跳んだり、ミャーーーなどと叫びながら石を押し出したりといった、ふつうの生物なら決してやらない数々の異常行動をとり、あまつさえそれらに順位までつけて喜んだり悔しがったりするのだ。やるほうもやるほうだが、それを観て同じように喜んだり悔しがったりするほうもするほうだ。

そんなわけだから、オリンピック開催中の私はなるべく目と耳と口を閉じ息もできるだけ吸わないようにして、オリンピック関係のことを極力見聞きしないようにする。だがそれだけやっても完全に情報を遮断することはできない。

このあいだうっかりテレビをつけたら、全身タイツを着用した男二人がぴったり上下に折り重なり、仰向けに合体した姿のまま、ものすごい速度で氷のトンネルの中を滑走していた。あれはいったい何だったのだろう。

しかしまあ、そうは言ってもオリンピックというのはたいていどこか遠いところで開催されるもので、時差などにも守られて、いわば対岸の火事だった。

だが、ついにその最後の砦《とりで》すら破られる時が来た。何年後かに東京五輪が開催されるという聞き捨てならない噂があるのだ。

こんな、遠いロシアの聞いたこともないような土地でやっていてさえこれだけ私の生活に侵入してくるのだ。東京で五輪が開催されることになったらどうなるのか。

テレビラジオ新聞ネットその他あらゆる媒体は一日じゅう一秒の隙間もなく五輪情報を流しつづけるだろう。

街は五輪に脳を侵されゾンビ化した人々と選手と観客で埋め尽くされるだろう。

いや、そんな甘いものではあるまい。五輪の爆心地ということになったら、おそらくもう五輪はいたるところに遍在するのにちがいない。

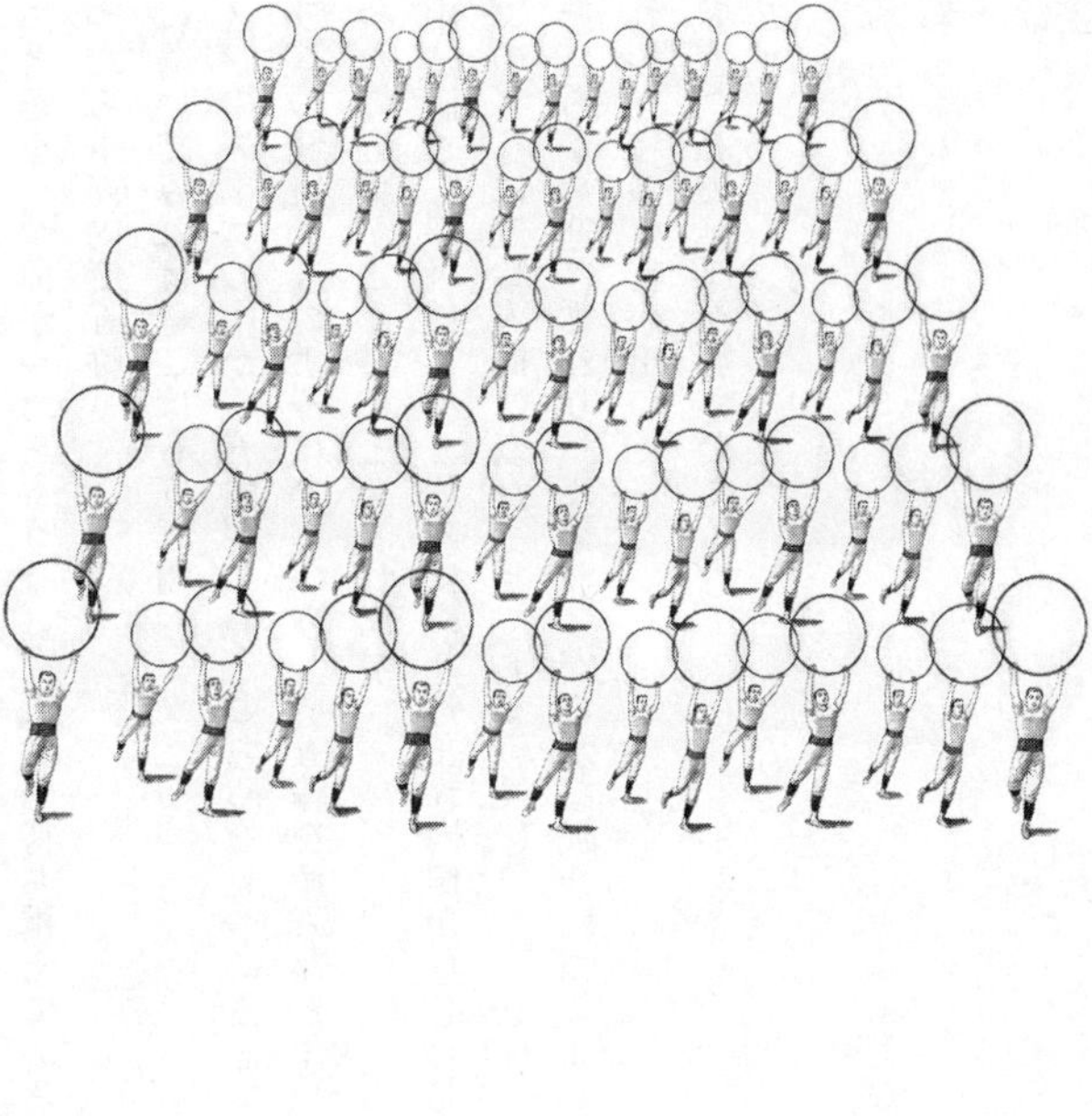

たとえば、ふと角を一つ曲がったらもうそこに五輪が待ち構えている。

地下鉄に乗ったら車両内で五輪。

会社や学校に着いてみればそこはもう五輪。

頼んだラーメンのスープの中から五輪がじっとこちらを見つめ返している。

体重三千グラムの健康で玉のようにかわいらしい五輪を産み落とす。

蛇口をひねったら五輪がこんこんとあふれ出す。

五輪は大気中に満ち、呼吸によって体内に取り込まれ内側からじわじわと人体を侵しついにはマタンゴのように五輪人間に変身させてしまう。

一日じゅうそれらから逃げまわり、夜やっと安らかな眠りにつこうとベッドに入ると、中から血まみれの五輪の生首が出てくる。

闇夜を切り裂き、私の絶叫が響きわたる。

渋滞

食卓の上に、ハガキが一枚のっている。

それは友人がくれたもので、いろいろの近況が書いてあって、こちらも変わりはないかと優しく訊ねてくれている。

私はそれをもらってとてもうれしかった。その人とは古くからの付き合いで、ここ十年ほどは会っていなかったが、その空白がたった一枚のハガキでこうして埋まるのは素敵なことだった。

返事を書こう。ハガキをもらってうれしかったこと、こちらの近況、ちかぢか会えたらいいなと思っていること等々をきれいな絵ハガキに書いて投函しよう。

と思ったのがひと月以上前のことだ。

ハガキを見るたびに返事を書かなければと思う。いますぐ机に向かって書けば五分とからないだろう。まだ間に合う。さあ。ほら。いま。だが体は動かない。

ときどき、よく晴れた昼下がりなどにふと、あ、いま書けそうな気がする、と思うことがある。頭の中にいい感じの文面がすらすらと浮かぶ。すぐさま机に向かってそれをハガキに書き、切手を貼って投函している自分の姿がありありと浮かぶ。さらにはそれを受け取ってほほえみながら読む相手の顔まで。

ありありと浮かびすぎて、すでに書いた気になってしまう。

そうこうするうち、別の人からのハガキが来る。ハガキは前の人のハガキの上に重ねられる。今度こそ返事を書かねばと思う。でもそれにはまず前の人の返事を書かねばならぬ。

食卓の上にはそういった、何かしなければならないのに体が動かずそのままになっているものたちがたくさん渋滞し、堆積している。備忘録がわりに目につきやすい食卓に置いてあるのだが、だんだんと目が慣れてそれも風景の一部となる。一つひとつの物が意味を失い、ただ食事のスペースを圧迫する疎ましい塊《かたまり》になり下がってしまう。

そこに「来客」という緊急事態が出来《しゅつたい》する。塊はとりあえずひとまとめにされ紙袋に突っ込まれる。そしてそのまま永遠に忘れられ、それといっしょにいくつかの人生の可能性が消える。

この腐った性根はいかにすれば叩き直るのか。

昔、『グズな人には理由がある』とか、そんなような題名の本があった。まさに私のためにあるような本だ。ぜひ買って読まねばならぬと思った。書店でさっそくそれを買い求

め、線を引きながら夢中で読み、すっかりグズな性根があらたまって、ハガキの返事をその日のうちに書き締切りを守り待ち合わせに一番乗りする生まれ変わった自分の姿がありありと想像できた。あまりに完璧にイメージできたので、本を買うまでもなかった。

だが、たとえ買って読んだところで何も変わらなかっただろう。私は知っているのだ。『猿でもできる○○』とか『手抜きでラクラク○○』とか『一日たったの十分○○するだけで××』のような本には、必ずこっそり「これを習慣づけて毎日やること」みたいな一行がまぎれこませてあることを。「これを飲むだけでこんなに痩せました！」的なコマーシャルの画面の隅に小さく「カロリー制限と適度な運動を併用した結果です」と書かれているのと同じだ。それができるくらいなら誰も最初からグズではないし太ってもいない。

いつか『グズな人には理由がある、ただしグズは魂と直結しているのでグズを矯正すれば魂も死ぬ』というタイトルの本を書くのが夢だ。私の見るところ私のような人は日本にざっと五百万人くらいはいるはずだから、もしかしたら百万部超えのベストセラーになるのではあるまいか。

いやしかしその五百万人はタイトルだけですっかり買った気になり、千五百部ぐらいしか売れないかもしれない。そもそもすでにタイトルを考えただけですっかり満足し、もう書いた気になりかけている自分がいるではないか。

尻の記

×月×日

尻のあたりからしきりにカチン、カチンという音が聞こえる。世に言うケツカッチンと呼ばれる現象だ。

首をねじまげて見ると、尾てい骨の上に小さな小さな小さな黒澤明がのっている。小さな小さな黒澤明はサングラスをかけて、小さな小さなディレクターズ・チェアの上に気難しい顔でふんぞりかえっている。そしてときどき小さな小さなメガホンを出して「アクション！」とか「カッ！」などと言っては、ごそごそとカチンコを取り出してカチンと鳴らしている。助手はいないのか。

鬱陶しいので手を後ろにまわして払いのけようとしたとたん、激痛で肩を押さえてうずくまった。

忘れていた。五十肩なのだった。

△月△日

クロサワのケツカッチンがあんまりうるさいので、スカートを尻の上までからげてクロサワごとくるみ、裾を臍《へそ》のあたりでしばった。世に言う「ケツをまくる」という状態だ。クロサワはくやしがって狂ったようにカチンコを鳴らすが、くぐもってよく聞こえない。くほほ。

さあこれで仕事に本腰を入れよう。と思うのだが、なにせケツをまくってしまったために、ついついネットを見てしまう。

松たか子語録。母親から送られてきた誤変換だらけメール集。中学時代の恥ずかしい言動集。「カマナシカマキリ」という名のカマのないカマキリ。肩こりが十秒で治る体操。「ポニーテールの女の子にしてほしいしぐさ集」というのがあった。目の前で結んでほしい。走ってほしい。料理を作ってほしい。料理を食べてほしい。ほどいてほしい。

自分だったら特定の髪形の男性にどんなしぐさをしてほしいだろうか。

ちょんまげの人に、夏の暑い日に、まげの部分を持ち上げて「ふー」などと言いながら地肌をぱたぱたあおいでほしい。そのあと手拭いで拭《ふ》いてほしい。

五分刈りの人に、濡れた髪を後ろから勢いよくなであげて水滴をシャッと飛ばしてほしい。できればそれを逆光で見たい。

つるっ禿げの人の頭頂部に生ハムをひろげて載せてみたい。そして「これこれやめなさい」とたしなめられたい。

などと考えているうちに一日が終わる。

○月○日

どうもあたりが焦げ臭いと思ったら、自分の尻が燃えている。怒ったクロサワが放火したらしい。世に言う「尻に火がついた」という状態だ。

なんとか鎮火しなければならぬ。と思うそばからなぜかマリモの中がどうなっているのかどうしても知りたくなり、マリモは中までぎっしり藻であること、成長して直径が二十センチちかくなるとしだいに空洞になること、そのあとは割れてまた表面の藻が集まって丸くなることをネットで知り、ついでにデコポンのあのデコの部分は皮が変化したもので最初は失敗作だと思われていたこと、前方後円墳は四角いほうが前であることなどを知り、満足して眠りにつく。

□月□日

仕事をしようと思って椅子に座ったとたん、ガコッという音がして座高が一段低くなる。

立ち上がってみると、尻がすっかり炭化してこなごなに砕けている。これはきっと世に言う「尻が焼け落ちる」というものにちがいない。と思って辞書を引いたが、そんな慣用句はなかった。

分岐点

ずいぶん前に観た、とある映画。

主人公の男が妻を殺す。首を絞めてぐったりしたところを車に乗せ、車ごと池に沈める。男が家に帰ってきて寝ているところに、全身ずぶ濡れで藻にまみれた妻が鬼の形相で寝室に入ってくる。男は恐怖の悲鳴を上げる。だがもちろんこれは男の夢だ。妻はたしかに車に閉じ込められたまま池に沈んでいったのだから。

夢のシーンはさらに続き、男は妻の通報により逮捕され、裁判にかけられ、数々の過去の殺人事件を暴かれたあげく、ラストで多重人格者であったことが明かされる。完。

私は呆然とした。夢はいつ覚めるのかと、途中からはそればかりを気にしながら観ていたのに、映画は夢のまま終わってしまった。現実の話はぜんぶほっぽり出したままだ。同行の友人に「だよね?」と質問したら、逆に友人が呆然となった。私が夢だとばかり思っていた妻が帰ってくるシーンは夢ではなく、あのずぶ濡れ藻まみれ鬼形相の妻は、本物の、生きた、現実の妻だったのだ。

そこのところで間違ってしまった私は、列車が分岐点で間違ったレールに入ってしまったように、ちがうルートを走ったあげく、全然ちがう終着点にたどりついてしまった。映画の半分ちかくを棒に振ってしまったことになる。

できればあの間違いポイントのところまで戻ってもう一度やり直したい。そして今度こそ正しいルートに乗って、正しくあの映画を味わい直したいと思う。

だがいまだに釈然としない気持ちもある。あの妻はどう見ても死人だった。だいいちあそこから、妻はいったいどうやって生還したというのか。車は完全に水没していたし、ドアもロックされていた。あの状況から脱出したあげく濡れたまま家まで歩いて戻ってくるなんて、それこそ人間とは思えない。それにそこから先の画面はずっとぼんやりと紗《しゃ》がかかったようで、いかにも夢の中の世界だった。もう一度あの映画を観たとして、本当に今度こそ現実世界に着地できるのだろうか。

何年も前のこと、昔の友人と久しぶりに再会した。地下街にある洋食屋で落ち合って、盛大に飲み食いしつつ、会わなかったあいだの時間的・地理的ギャップを埋めるように（その人は今は地方に住んでいて、その日は仕事で東京に出てきていたのだ）、たくさん話をした。楽しかった。

気がつくと終電の時間が迫っていて、私たちは急いで会計を済ませて店の外に出た。出てすぐ友人が忘れ物をしたことに気づき、彼女がそれを取りに戻るあいだ、私は店の外に立って待っていた。五分ぐらい待っても出てこない。おかしいと思って店に入ると、友人はいなかった。聞いたら「もう忘れ物を取ってお帰りになりました」とのことだった。あわてて店の外に出たが、友人の姿はどこにもなかった。すれ違ったのだろうか。だが待っているあいだ、誰も店から出てこなかった。まだ携帯電話のなかった時代だ。訳がわからないまま、帰宅した。

その後友人と電話で話したら、店から出てきたら私がいなかったので、仕方がなく帰ってしまったのだと言う。何だかよくわからないままその話は立ち消えとなり、彼女とはその後も何事もなかったかのように間遠《まどお》な交流が続いている。

もう何年も前のあの日のことが、今もずっと気になっている。私はあそこで分岐点を間違えて、それからずっと間違った世界を生きているのではないかという気がうっすらしている。そう言われてみれば、なんだかすべてが夢の中のような気がしなくもない。何をやっても、やらなくても、夢の中だからなあと心のどこかで思っている。あの地下街の分岐点まで戻ればやり直せるのかもしれないけれど、戻り方がわからない。

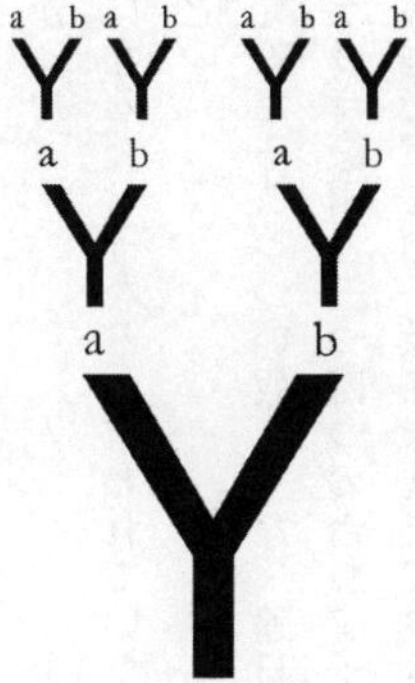

a b a b a b a b
a b a b
a b

夏

また夏が行ってしまった。

今年の夏はごっつかった。

長期予報では冷夏になるだろうなどと言われていた。エルニーニョの影響で例年ほど暑くはならないだろうと。

ところが蓋を開けてみたらごっつい奴だった。連日三十五以上のハイスコアを叩き出し、大量のセミしぐれとゲリラ豪雨と三つ四つの台風を子分のように引き連れてきた。

生まれたときから病弱で、この子は二十歳まで生きられないだろうと占い師のお婆さんに言われた子供が、長じて横綱になった。そんな感じだ。

夏がいちばん好きだ。夏が来るたびにうれしい。夏にしかできないあれもしようこれもしようと夢がふくらむ。

夢がふくらみすぎて逆に体が動かない。あれもしたいこれもしたいと気ばかり焦って何もしないうちに夏はどんどん過ぎていく。

夏は肉体が若ければ若いほど楽しい。一歳でも若いほうが楽しい。この夏を逃せば次の夏は一歳老いた肉体で迎え撃たなければならない。そう思うからよけいに焦る。

部屋の中で汗をだらだら流して「あああ」などと言っているうちに今年も夏は行ってしまった。大人物らしく引き際も見事だった。一度も後ろを振り返らずに、きっぱり去っていった。

そして私は今年もまた夏を取り逃がし、あれもしたかったこれもしたかったと後悔ばかりが残る。

海に行きたかった。

スイカ割りをしたかった。

流しそうめんを食べたかった。

浴衣姿で輪になって線香花火をしたかった。

風呂上がりに縁側で涼んで蚊をパチッと叩きたかった。

湖畔でテントを張ってキャンプファイアーをしたかった。

プールサイドに寝そべってモヒートを飲みながら本を読みたかった。

外から走って帰ってきて冷蔵庫を開けてブリキの入れ物に直接口をつけてゴキュゴキュゴキュゴキュと麦茶を飲みたかった。

台風の日に岸壁まで波の様子を見に行って叱られたかった。

朝顔の観察日記をつけたかった。

セミの脱け殻を箱いっぱいに拾って友だちと数を競い合いたかった。

カブトムシを触った手を嗅ぎたかった。

お腹の上にだけタオルケットをかけて昼寝をしたかった。

扇風機の正面に座って「ワレワレハ宇宙人ダ」と言いたかった。

プールの進級テストをどきどきしながら受けて、合格したらもらえる黒い線を誇らしげに帽子に縫いつけたかった。

おでこにあせもができて、シッカロールで白のだんだら顔になったのを友だちに笑われたかった。

貝殻に耳をつけて「海の音がするなんて嘘だ」とがっかりしたかった。

あとちょっとでスタンプが全部埋まって皆勤賞の鉛筆がもらえるはずだったラジオ体操のカードをなくして目の前が真っ暗になっていたら同じ社宅のカヲルちゃんがこれ落ちてたよと届けてくれてああよかったと二人で笑いながら日が暮れるまで遊びたかった。

夏に生まれなおしたかった。

来年こそ。

夏

履歴

人の名前や固有名詞が思い出せないときに（そういうことは年々増えつつある）、すぐにグーグル検索で調べてしまうのはよくないという話を聞いたことがある。どんなに時間をかけてでも自力で思い出すことで、消滅しかけていた脳のニューロンどうしの通路が復活するのだ、と。

それ以来、「あーほらほら何だっけほれあの」という事象が起こったときには、検索したい気持ちをぐっとこらえ、答えが出てくるまで歯を食いしばって待つようにしている。

このあいだも「鈴木宗男の秘書の名前」を三日かけて思い出した。ムルアカ。『宇宙戦艦ヤマト』の、ガミラス帝国の偉い人の名前。デスラー総統。昔ハイジャックされてどこかに行った飛行機。よど号。

クエンティン・タランティーノは何度でも名前を忘れ、そのたびに〈キル・ビル〉〈しゃくれ〉〈ビデオ屋で働いてた〉〈レザボア・ドッグス〉〈梶芽衣子のファン〉〈しゃくれ〉〈ソニー千葉〉〈パルプ・フィクション〉と名前以外のさまざまな周辺情報が頭をかけめぐって苦しい。

そうやって日々ニューロンの強化に努めているものの、人と話をしている最中だったり、そもそも知らないことだったりすると、ついスマートフォンの検索に頼ってしまう。

その検索の履歴をときどき見返す。

これは本当に自分かと思うくらい、検索したことじたいを覚えていない。検索結果はもっと覚えていない。もう一度検索しなおして、へえと思ったりする。自分はいったいどういう前後関係でこれを調べようと思ったのだろうと推理してみる。

たとえば〈ヤクザ　語源〉という履歴がある。引いてみると、花札の「三枚」という遊びで八と九と三を足すと最低の点になることから、とある。他に「役者」がなまった説、儒教においては八、九、三が悪い数字だからとする説など。これがわかって、私は満足したただろうか。

〈ゴジラ　歴代身長〉。これも記憶にない。一九五四年の初代は五十メートル。それが八四年に八十メートルになり、最後は百メートルになった。へええ。ちなみに八十メートルの時だけは足のサイズもわかっている。十五・四メートル。

〈俳優　土びん〉の後に〈俳優　土びん　徳島〉〈土瓶　俳優　四国　イケメン〉と続いている。いったい誰を思い出したかったのか。

〈山寺の和尚さん　二番〉、これはうっすら記憶がある。和尚が毬《まり》の代わりに猫を袋に入れて蹴る、というあのひどい歌のその後を知りたかったのだ。二番は「山寺の　狸さん／太鼓打ちたし　太鼓なし／そこでお腹を　チョイと出して／ポンと打ちゃ　ポンと鳴る／ポンがポンと鳴る　ヨイヨイ」。とことん無意味な歌だった。そして和尚はどこへ行った。

履歴のいちばん最後は〈キハヌジ語〉だった。誰かが創作した架空の言語、であるらしい。こんにちは、は「オグモ」。さようなら、は「チ」。花は「カミナリ」。チャーハンは「ラーメン」。美しい、「サラハゲンナ」。形容詞を二回繰り返すとそれを打ち消す意味になる。ビヨン　サラハゲンナ　サラハゲンナ　カミナリ（花は美しくない）。固有名詞を逆から読むと「それ以外のもの」の意。ダマヤ（山田さん以外の全員）。ルル　ワシャーンは次に来る文章を否定する。ルル　ワシャーン：グングン　パブン　ラシヌル（これから言うことは嘘だが、犬がフンをしている）。

眠いですか？　ツケ　ビル　ムルコシ？　とても眠いです。ビヨン　ムルコシ。これは嘘ですが、さっきチャーハンを食べました。ルル　ワシャーン：ポックリ　サヤムチ　ラーメン。私以外の全員が眠っています。グングン　ゴルスム　トモシキ。チ。

Kishimoto

星の流れに

かつて勤めていた職場は酒を造って売る会社の、しかも宣伝部というお祭り体質の部署だったせいか、何かにつけ歌にする習慣があった。

たとえば、みんなが折にふれて歌うこんな一節があった。

ハイモー、ハイモー（白雪姫の『ハイホー』の節で）

これはかつて取引先にいたものすごく体毛の濃い男性の背中の毛を讃えて誰かが歌ったものだと先輩から教えられた。

あるいはこんなのもあった。

寿司は死にますか　ガリはどうですか（さだまさし『防人の詩』の節で）

寿司屋での宴会に残業のために一人だけ行けなくなってしまった人が、深夜の会社で絶唱したと伝えられる歌だ。

どちらも私が入社するずっと前の話で、歌ったり歌われたりした当事者はもうおらず、ただ歌と由来だけが受け継がれていた。

アボリジニには、草原や砂漠を移動する際の道筋を歌にして代々語り継ぐソングラインという文化があるそうだが、社史に現れない会社の伝説を後世に伝えるという意味では、これも会社のソングラインと言えるかもしれない。

「橋事件」も、ソングラインで知った伝説だ。昔むかし、部の誰かがどこかの地方自治体から橋を架ける事業のスポンサーになってほしいと持ちかけられた。もし協賛してくれれば御社の名前を橋につけてさしあげます。示された金額はべらぼうだったが、その人は部長を説得した。橋にわが社の名前がつき、未来永劫残るのです。CMのように消えてしまわない、すばらしい宣伝物ではないですか。ところが橋ができあがってみると、恐ろしく小さな字で社名が欄干に彫られているだけで、橋は地元では全然ちがう名称で呼ばれていた。その悲劇を歌った歌は飲み会のカラオケの定番だった。

橋のためなら　部長も泣かす

それがどうした　文句があるか（『浪花恋しぐれ』で）

カラオケといえば、みんななぜかロス・プリモスの『たそがれの銀座』が大好きで、これは聴き方に決まった作法があった。サビの前までは各人テーブルに肘をつく、グラスを物憂く眺める、渋く煙草をくゆらすなどしてなるべくしんみりと聴く。そしてサビの瞬間に一斉に立ち上がり、椅子やテーブルやカウンターの上に乗り、足を踏みならし、顔の両側で手をひらひらさせながら大声で合唱する。

あ、それギーンザギンザギンザ！　ギーンザギンザギンザ！
たそがれーの、ギンザ！

サビが終わるとさっと着席し、二番以降を繰り返す。行きつけの店以外でやると出禁になる。たまに行きつけの店でも出禁になる。

寒くなってくると思い出すのは、ある晩いっしょに残業した隣の席の人と帰りに一杯ひっかけて、赤坂の通りを腕を組んでスキップしながらやけくそで歌った『星の流れに』だ。

こぉんな、おんなに、だぁれが、した

二人で飲んだのは後にも先にもそのときだけだった。空の星が顔に冷たかった。他の誰も知らない、これは私だけのソングラインだ。

赤いリボン

卒業の年ではなかったから、たぶん五年生の、運動会の数日前のことだ。

クラス全員で運動会の予行演習をしていたら、誰かがやってきて、各クラスの絵の上手な子を集めているから正門まで来てほしいと言われた。

私は一人だけ列を離れ、校庭を出て校舎の横をまわりこみ、正門の手前の脇にある掲示板のところに行った。それは小さな屋根のついた横長の掲示板で、運動会のポスターやその他いろいろな紙を貼ってあるガラス張りのスペースの横に、小型の黒板があった。いつもはお習字の先生の達筆で、交通安全や道徳めいた標語が大きく書かれているその黒板の前に数人の生徒がかたまって、いろいろな色のチョークで絵を描いていた。

絵はすでに七割がた完成していた。運動会の「玉割り」の競技の絵だった。上のほうに大きな玉が一つ吊られていて、運動着姿の子供がおおぜい、大玉に向かって小さな紅白の球を投げている。子供が描いたとは思えないほど上手な絵だった。それに、まるで一人の人が描いたみたいに、線や人物に統一感があった。

私はみんなの隙間から手を入れて、黒板の前にあったチョークを取った。私だって腕に覚えがあった。休み時間は外に遊びにいかず、いつも教室で一人でノートに絵を描いていた。ときどきクラスの子が私のところに来て、「あたしにもなにか描いて」とノートを差し出すことがあった。クラスで絵のうまい子といえば私だった。だから現にこうして選ばれて、代表としてここに派遣されたのだ。

とはいえ絵はもうかなり完成されていて、何を付け足せばいいのかわからなかった。とりあえず大玉の上の部分が何となく寂しそうだったから、赤いチョークで大きなリボンを描き加えた。華やかさが加わった気がした。それから端のほうに人物も描き足した。ポニーテールにした女の子がウィンクしながら球を投げているところだ。描いてみると他の人物よりひと回り大きく、タッチもそこだけ違っていた。黒板は慣れていないから難しい。

そう思ってふと見ると、さっき私が描き入れた赤いリボンがいつの間にか消えていた。あれおかしいなと思ってもう一度、同じようにリボンを描いた。すると集団のどこかから手が伸びて、黒板消しでさっとリボンを消した。誰が消したのか、みんな頭を寄せ合って下のほうを描きこむのに熱中していてわからない。ふと見ると、さっき私が描いたポニーテールの女の子も消されていた。

くすくす笑いながら作業にいそしむみんなは、全員で一人の生き物のように見えた。み

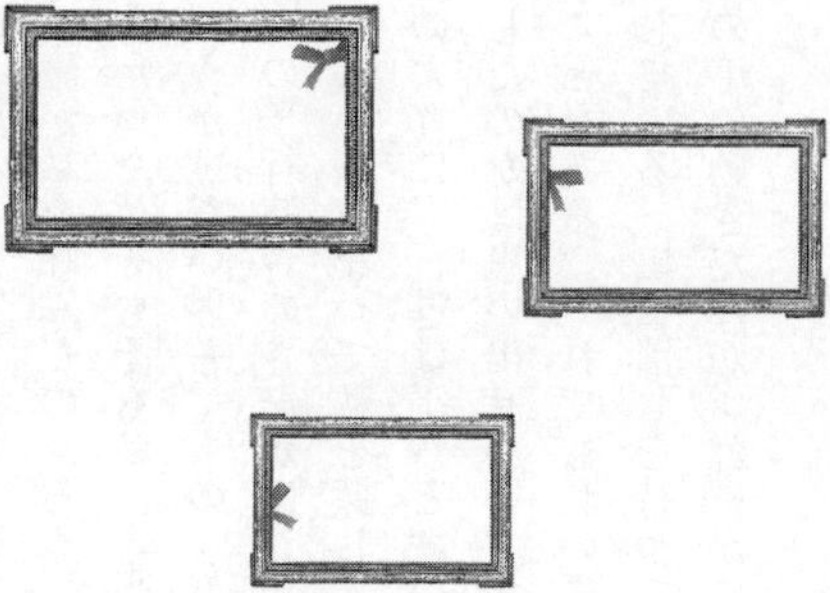

んな何かの青写真に従って自然に自由に絵を描いているのに、私にはその青写真は知らされていなかったし、誰もそれを教えてくれなかった。

私はそっとみんなの顔を盗み見た。見たことのない子たちだった。そもそも私はなぜここに呼ばれたのだろう。誰が私を呼んだのだろう。思い出しても、呼びに来たのが誰だったのかうまく思い出せなかった。そもそも私は本当に呼ばれたのだろうか。勝手な思いこみだったのではないだろうか。だいいち、ものすごく厳密に編み上げられて、一人の欠落も間違いも許されないあの予行演習のさなかに、なぜ私一人が抜け出ることができたのだろうか。みんな今ごろかんかんになって私を探しているのではないか。それとも、私など最初からいなかったかのように、行進は平然と続いているだろうか。

そのあと自分がどうしたのかは思い出せない。すべてはぼんやりとして、あれは本当だったのだろうかと思うこともある。それでも私の頭の中で、今も赤いリボンは描かれては消されることを繰り返している。黒板消しを持って差し上げられ、さっとひと振りで私の赤いリボンを消す、その手の動きだけが、鮮やかに見える。

成長の瞬間

リンゴの季節になった。毎日リンゴがおいしい。

持ち重りのする、つやつやの赤や黄色のリンゴを包丁で縦に切る。芯の周囲に、「みつ」と呼ばれる透き通った部分がある。

この「みつ」部分が特に甘いわけではないことを、今の私は知っている。リンゴが自分を甘くするために全体に甘味成分を行きわたらせ、残った甘くない物質を中心部分に集めたものが「みつ」なのだ。

そうとも知らず、なるべく「みつ」の部分を削らないよう苦心して芯を取り、「みつ」部分だけをちまちまとかじって甘いと思いこもうとしていたかつての自分を思うと、ほほえましくも憐れになる。そして自分も大人になったものだなあと（この事実を知ったのはつい二、三年前であるにもかかわらず）感慨に浸りながら、「みつ」部分に拘泥《こうでい》せず大胆に芯を取ったリンゴを口に運ぶ。

こんな風に、「あ、いま大人になった」とはっきりわかる瞬間が、今までの人生には何度かあった。

「台風はだんだん大きさが大きくなるわけではない」と知ったときもそうだった。天気図の、台風の進路の予想図。いま現在の台風の中心から円形がいくつか派生して、それが先にいくほど大きくなっていく。かつての私はそれを見ながら「大変だ、東北全体が台風にすっぽりおおわれてしまう」などと心配していた。そのいっぽうで内心「どうして勢力は衰えつつあるのに大きさだけどんどん増していくのだろう」とうっすら疑問にも思っていたのだった。

あの丸が台風の大きさではなく、中心がどこに来るかの予想範囲を示しているのだと知ったときの衝撃。長年のモヤモヤが氷解した爽快感や、もしかしたら何度か人に「しだいに大きくなる台風の謎」について口にしてしまったのではないかという恥ずかしさとともに、たったいま自分がカチリと音をたてて目盛り一つぶん大人になったのをはっきりと感じた。今の自分は、まだそのことを知らなかった一瞬前の自分とは明らかにちがう。もう不用意な発言で恥をかくこともないうえに、台風の進路さえも正確に知ることができるようになったのだ。人として、確実に成長した。

他にも「無期懲役」は「終身刑」ではないと知ったとき。イエス・キリストと神さまは別ものなのだと知ったとき。KinKi Kids の二人が兄弟ではないと知ったとき。ピーラー

APPLE

の横についているあの出っぱりの用途を知ったとき。「完璧」の「壁」は「壁《かべ》」ではなく、自分のイメージしていた高くて傷ひとつない鉄の壁はまちがいだったと知ったとき。それら成長の瞬間は今も自分史に燦然《さんぜん》と刻まれている。

しかし成長は、いったんしてしまうとその後が存外つまらない。確実に人間として一歩一歩完成に近づいているはずなのに、なぜかその実感がわかない。そこで他の人をつかまえて「知ってた？　台風ってだんだん大きくなるわけじゃないんだよ？」とか「完璧の〝壁〟のこと〝壁〟って思ってない？」などと得意気に言って、人々の蒙を啓《ひら》きつつ先に成長した者の優越感に浸ろうと試みるものの、驚くことにたいていの人は私より先にその事実を知っており、優越感どころか逆に見下されたりする。つまらない。

最近の私は、台風はやっぱりだんだん大きくなるのだと自分に暗示をかけている。完全にそう思うことに成功したら、次はリンゴの「みつ」を甘いと信じることに取りかかる。そうやって一つひとつ自分をリセットしていき、まっさらな状態でもう一度成長の瞬間を味わおうという作戦だ。

二度めの成長と死とどっちが先に来るか、そのへんは若干賭けだ。

ハリウッド

このあいだ人と話していて、「トム・クルーズ」という人名が出てこなくて焦った。しかもそれはとあるインタビューを受けている最中のことで、自分の好きな映画について話すという題目だったからよけいに焦った。いかに自分が『宇宙戦争』が好きかを熱く語ろうとしたのに、かんじんの主演俳優の名前が出てこない。

こういうときの常として、思い出したい名前以外のあらゆる周辺情報ばかり出てくる。嫌になるくらい出てくる。「ほらほらあの『ミッション・インポッシブル』に出てた」「ニコール・キッドマンと結婚したけど別れた」「『卒業白書』でブリーフ一枚で踊った」「あとサイエントロジーの信者」「ジョン・トラボルタも誘われて入信した」

私の焦りが伝染したのか、インタビュアーの人までトム・クルーズが思い出せなくなった。その人は映画関係の媒体の人だったので、私よりもさらに焦った。「あっあっなんでしたっけ」「『トップガン』にも出てましたよね」「でもってミミ・ロジャースと結婚してた」「失読症を克服したんですよね」「たしか娘の名前がスリ」

そのうちに奇跡的に上の名前が「トム」だということが思い出されたが、どちらかが「トム・ハンクス！　じゃなくて」と言ったとたんに頭の中がトム・ハンクスでいっぱいになってしまい、トム・クルーズを思い出そうとしてもすぐに目の前にトム・ハンクスが立ちはだかって邪魔をする。あっちを向いてもトム・ハンクス、こっちを向いてもトム・ハンクス。看守の制服のトム・ハンクス。生真面目に走るトム・ハンクス。宇宙で困るトム・ハンクス。人魚と恋愛するトム・ハンクス。万物に宿るトム・ハンクス。トム・ハンクス地獄。

その時のことをあとで思い返してみるに、もしかしたらトム・クルーズの「クルーズ」部分が一般名詞っぽいことが、彼の名前を思い出しにくくしている要因なのかもしれない。人ではなく船のような気がしてしまうのかもしれない。きっとこれから先も何度でも忘れるだろう。

「ブラッドリー・クーパー」も思い出せない名前だ。思い出せないというより覚えられない。何度顔を見ても印象に残らない。いくつか映画を観ているはずなのに、なんだか見るたびちがう人のような気がする。「漠然と茶色っぽい」というイメージしかない。顔も名前も思い出せず出演作品も思い浮かばず「茶色っぽい」以外に周辺情報が何もないので、まず百パーセント思い出せない。そして一週間ぐらいして、風呂の中で思い出す。そして

TOM

また忘れる。

「メリル・ストリープ」も二回に一回出てこない名前だ。大女優だしアカデミー賞を何度も取っているしいろんな作品を観ているしそのうちのいくつかはとても好きな映画だし忘れるほうがどうかしているのに、忘れる。最初の「メ」が出ればあともするする出るが、「メ」が出ないときはヘレン・ミレンに先に出てこられてしまい、ふりはらってもふりはらってもヘレン・ミレン地獄になる。

メリル・ストリープは、名前の質感に問題があるような気がする。「メリル」も「ストリープ」も、なんとなくつるつるしていて滑りやすい。彼女の顔も、鼻筋や顎のあたりの流線型の感じが何となくメリルメリルしているしストリープストリープしている。記憶の釣糸を垂れても、くずきりのようにつるんつるん滑り落ちていってしまう。

そして上記三人以上にもっと思い出せない、もっと度忘れ度が高い俳優がたしかいたはずなのだが、それが誰なのか思い出せない。

その者

その者はおおむねいつもヒマである。ヒマで、そうして独りぼっちだ。たいていの時間は部屋で机の前に座って、頬杖をついてじっと考え事をしている。

だがその考え事が何だったのか、三分後にはもう忘れてしまっている。


その者は今日もまた机に向かってじっと座っている。外は上天気だ。出かけたらきっと気持ちがいいだろう。だが体が動かない。悲しくなって天井を見る。二つの壁と天井が一点に合わさった角を見つめる。ふと、そういえばあそこには一度も触ったことがないなと思う。もし今あそこに指で触れれば、それは人生初の体験ということになる。その者は胸おどらせる。椅子を持ってきてその上に立とうと思う。

だが体が動かない。

その者は昨日のカレーを温め直して昼に食べようと思いつく。蓋を開けて匂いをかいでみる。それから火を点けてかき混ぜる。かき混ぜながら、脳内で鍋の中に繁殖しつつある腐敗菌が熱でつぎつぎ死滅していくさまをイメージする。カレーが沸騰して三分ほどたったころ、その者は突如ふははと声を立てて笑う。勝利を確信したらしい。

冷蔵庫の野菜室の奥のほうから、得体の知れない物体が発見される。何らかの野菜がビニールの中でどろどろに液状化しているのだ。

その者はビニール袋の端を指でつまみ、なるべく鼻で息をしないようにしてそれをゴミ箱のところまで持っていく。

だが捨てる前、ついついビニールを開けてにおいを嗅いでしまう。

その者は雑誌の座談会に呼ばれる。話すのは苦手なので、なるべく黙っていようと思う。何時間かの座談会の中でその者が唯一まともにしゃべったのは「いかに嫌いな人間をひとまとめにして頭の中で巨大な臼《うす》に放り込み、杵で何度も何度もついて真っ赤な血の餅に変えるか」についてだ。

できあがった原稿では、その部分がまるまるカットされている。

その者は窓際の席に通される。窓の外を指さして「あの観覧車は何ですか」と訊ねる。店員は「観覧車です」と答える。

その者は壁際の席に通される。そこの店主と外国人男性が一緒に写っている壁の写真を指さして、「あれは誰ですか」と訊ねる。店員は「外人です」と答える。

小学生のころ、近所の剣道教室に通っていた。毎年大みそかには全員で道場の大掃除をすることになっていた。先生から「そこは触らなくていい」と言われていた隅っこの押入れをこっそり開けたら、暗がりの中に大小さまざまなキューピー人形がぎっしり立っていた。

これはその者の記憶ではない。同じクラスのそれほど仲が良かったわけでもない子から聞いた話だ。その者の頭の中は、そういう何の役にも立たない、自分のものですらない記憶の断片であふれかえっていて、そのせいで大事なことが考えられない。

列聖

必要があってキリスト教のとある聖人のことを調べていたら、芋づる式にいろんな聖人の話が出てきて止まらなくなった。

歴史にはじつにいろんな聖人がいて、じつにいろんなひどい目にあっている。

シチリアのアガタという人は、権力者との結婚を拒否したので拷問され両乳房を切り落とされた。聖アポロニアは歯を全部抜かれるか粉々に打ち砕かれるかして、最後には火あぶりにされた。アレキサンドリアのカタリナは、皇帝の差し向けた五十人の異教徒を次々に論破したために捕らえられ、車輪にくくりつけられて転がされた。

一番ひどいのは聖エラスムスだ。血管がぶち切れるまで斧で殴られ、蛇とミミズがいっぱいの穴に落とされ、溶けた鉛や硫黄を口から流し込まれ、中に刺《とげ》のいっぱい生えた樽に入れて転がされ、それでも死ななかったので最後には脇腹を切られて、手動のウィンチみたいなもので腸を巻き取られて死んだ。

これら聖人はたいてい絵になっている。聖アガタは、肉まんそっくりの切られた両乳房を載せたお盆を捧げてにっこりしている。聖アポロニアは先に歯をはさんだやっとこを手に持って、やっぱりにっこりしている。聖カタリナは大きな車輪を背にキメ顔をしている。聖エラスムスはさすがに笑ってはいないが、ちょっと悲しげな、困惑ぎみといった表情で、腹にあけられた小さな穴から紐みたいに細い腸を巻き取られている。

聖人たちは、その死にざまに応じていろいろな人や事物の守護神にもなっている。聖アガタは乳癌患者。聖アポロニアは歯。聖カタリナは車輪作り職人。目をえぐられて死んだシラクサの聖ルチアという人は視覚障害者（この人は皿に目玉を載せていて、でもなぜか自分の目もちゃんとついている）。聖エラスムスは当然腸かと思いきや船乗りの守護聖人ということになっているのは、あまりにも要素が多すぎて一つに決められなかったのだろうか。他にコンピュータ・プログラマーや献血を司《つかさど》る聖人もいる。

けれどもそれら有名どころの他にも聖人はたくさんいて、「聖人カレンダー」というものを見ると、日替わりでいろいろな人の名前が並んでいる。ちなみに今日の聖人は聖シメオン・サルス。真の謙虚を目指すためにわざと阿呆のふりをし、みんなから嘲《あざけ》られたが、のちに列聖された。こうして見てみると、べつにみんながみんな拷問されたわけではないらしく、また特に担当する守護物件が記されていない人も多い。

やはり聖人といえどもそれなりにヒエラルキーがあって、体の部位のような大事なもの

はメジャーな聖人があらかた押さえていて、マイナーになればなるほど守るものも小さく些細なものになっていくのだろうか。底辺のほうの人ともなると、「指の先っぽを蚊に刺されないようにしてくれる聖人」とか「支払いの時にちょうどの小銭があるようにしてくれる聖人」とか「靴下が片方行方不明にならないようにしてくれる聖人」みたいなことになるのだろうか。

というか、そもそも聖人と凡人の境目はどこにあるのだろう。なんで聖人はえらくて凡人はだめなのか。聖人には聖人の受難や奇跡があるように、凡人にだって受難や奇跡がある。終電に乗り遅れるとか、ハイヒールが舗道の穴にはまるとか、コンビニのお釣りがちょうど七七七円だったとか、結婚相手と誕生日が同じだったとか。そういう凡人たちをみんな列聖ではなく列凡して、凡人カレンダーに名前が載るのじゃなぜいけないんだろうか。そしてもちろんみんな何らかの守護凡人になる。私は、そう、「たまに混じっているうんと辛いシシトウに当たらないようにする凡人」あたりを希望。

シュレディンガーのポスト

たまに通る道沿いに、ひどくおんぼろな二階建てのアパートがある。外階段も廊下の手すりも錆だらけで、今にも崩れそうだ。人が住んでいる気配はない。建物の前面の砂利は雑草が伸び放題で、建物に寄り添うように生えているソテツばかりやけに威勢がいい。全体から廃墟のオーラが濃厚に立ちのぼっている。

そしてそのアパートの前に、ものすごく小さな郵便ポストが立っている。小学生のランドセルを縦に二つ並べたほどの大きさの直方体が、丸い支柱の上に載っている。支柱も本体も赤く塗られてはいるが、かなり色が褪せていて、あちこち錆が浮いている。まるで背後のアパートに合わせて、いっしょに廃墟になってしまったかのようだ。

その前を通るたびに、不安な気持ちになる。

これに手紙を投函して、はたしてちゃんと配達されるのだろうか。

このポストにもちゃんと集配の人は来るのだろうか。忘れられることなく、郵便局にポストとして認識されているだろうか。とてもそうは信じられない。

ポストの脇には、集荷の時間を書いた表が貼ってあるのだが、風雨にさらされていて読めない。

心配だ。

もしかしたらあの中には、投函されたものの集荷されることなく降り積もった何年ぶんもの郵便物が、じっとうずくまっているのではあるまいか。その中には、ものすごく重要なものだってあるのではないか——告白の手紙だとか、大学の願書だとか。

前を通るたびに気になってしかたがない。

中を覗いてみたことがあるが、暗くて何も見えなかった。埃の匂いがした。中に閉じ込められてもう何年も配達される日を待っている郵便物たちの呪詛の声が聞こえるかと思って横腹に耳をつけてみたこともある。耳が熱かった。

確かめる方法が一つだけある。自分にあてて手紙を投函すればいいのだ。それで無事に配達されれば、あのポストも立派に郵便システムの一端として生きていることになる。

でもなんだかためらわれる。

だいいち自分に向かって何て書けばいいのだ。「こんにちは」だろうか。へのへのもへじを描くか。それとも白紙。どれも馬鹿げているし、なんだか照れくさい。

これがフィクションだと、こういうポストはたいてい何らかのタイムスリップを引き起

〒

こす装置と相場が決まっている。

自分あてに白紙の手紙を投函すると、なぜかそこに未来の自分からのメッセージが書かれて届いたりする。そしてそのポストを通じて未来（もちろん文明が崩壊している）の自分と文通が始まって、人類の危機を救うために立ち上がらなければならなくなる。

そうなったら面倒だ。

あるいは投函した手紙は時を超えて、未来の自分に届く。

自分あてに出した手紙が、待てど暮らせど自宅に届かない。やっぱりな。あのポストは死んでいたのだ。一年、二年と経つうちに、私はその手紙のことを忘れてしまう。

そして数十年後、独りぼっちで死の床にある私のもとに、ある日突然その手紙が届けられる。封筒は黄ばみ、消印もあて名もかすれ、切手は見たこともないくらい古いデザインだ。

私は最後の力をふりしぼり、震える指で手紙を開封して中を読む。

そこには「へのへのもへじ」が描かれている。それだけ。

そういうのも嫌だ。

ディストピア

どうしてか私たちはディストピアがとても好きだ。映画でも小説でも、ディストピアものはいつの世にも必ず生まれ、そして愛される。世の中の本はすべて焼かれてしまい、本を持っていると罪になる、とか。この現実世界は幻覚で、実は人間はみんなコンピュータの動力源にされてました、とか。人間が全員奴隷の惑星に宇宙船が不時着したと思ったらそこは未来の地球だった、とか。臓器移植のためにクローン人間を培養することにしたよ、とか。巨人が来て人間を食うので壁を作ったら、もっと大きい巨人が来てしまいました、とか。

人はどうしてそんな嫌な話をわざわざ読んだり観たりするのだろう。もしかしたら、今ある何かが失われた状況を疑似体験することで、その何かの大切さを実感したいのかもしれない。あるいは「こんなことが起こったら嫌だなあ」とつねづね恐れている、その恐れをいっそ目に見える形にしてしまったほうが安心する、ということなのかもしれない。

そう考えると人の数だけディストピアは存在するはずで、各人が「こうだけはなってほしくない」と思うことを具体化すれば、けっこう面白い物語がたくさん生まれる気がする。たとえば、そう、「物の場所がころころ変わる世界」なんて、すごく嫌なのではないか。寝る前に枕元に置いておいたはずの眼鏡が起きたらなくて、探したら冷蔵庫の中に入っている。飲みかけの湯飲みがちょっと目を離した隙に消えて、隣家のちゃぶ台の上に出現している。服、パソコン、家具、自動車、何もかもがひとところにじっとしていなくて、消えたり現れたりする。

そうなったらもう社会は大混乱だし、そもそもすごく不便だ。とても落ちついて商売や学業や翻訳などをしていられまい。せっかくいい物を持っていてもすぐどこかに行ってしまうし、盗まれたりするかもしれない。いや盗んだって、それもやっぱりどこかに行ってしまうのだ。そうなると所有に意味がなくなるから、物欲が消滅するだろう。貨幣経済が衰退し、地面に根づいているものだけが価値を持ち、農業オンリーの自給自足世界になるかもしれない。

あれ。なんか悪くないような気もする。

もっと自分にとって決定的に嫌な、耐えがたいことを想定しなければだめだ。たとえば、黒くて恐ろしい例の昆虫と人間の立場が入れ替わった世界とか。これはものすごく嫌だ。

その世界では、黒くて恐ろしい例の昆虫（以下Gと称す）と人間の大きさが逆転してい

G

る。私たち人間は広大なGの家に息をひそめて暮らし、彼らの目を盗んで台所の食料をちょろまかし、生をつなぎ、繁殖する。私たちはなるべくGのみなさんに迷惑をかけぬよう慎ましく暮らしているつもりなのだが、向こうはなぜか私たちをひどく憎悪しており、うっかり見つかると殺人ガスを噴射されたり叩き潰されたりする。

　しかし何代、何十代にもわたってこそこそと暮らすうちに、私たちは気づく。彼らは私たちを憎んでいるのではなく、恐れているのではないか。でなければこんなに大きさの劣る私たちをあんなに全力で殺しにかかるはずがないではないか。

　意を強くした私たちは、たまにうっかりを装って家主たちの前に姿を現すようになった。案の定、向こうは悲鳴を上げる、逃げまどう、触角をかきむしるなどして大騒ぎだ。だが私たちは先祖代々培《つちか》われた逃亡テクを駆使して、毒ガスを噴霧される前に素早く逃げる。ＤＮＡに刻みつけられた知識と情報で、仕掛け罠や毒餌も賢く避ける。毒への耐性もついてきた。

　最近ではすっかり我々のほうが心理的に優位に立っている。勝てる。いまや我々はそう確信している。彼らにかわって我々がこの地上の覇者になる日が、いつかきっと到来するだろう。

組織

最近よく「悪の組織」について考える。

スペクター、ショッカー、銀河帝国、死ね死ね団。悪のカリスマのもと日々世界征服をたくらむ、人類の敵ともいうべき集団。それが悪の組織だ。

でもなんでだろう、「悪の組織」という言葉を聞いても、なぜかそれほど怖くない。むしろなんとなく好ましいような、いじらしいような気さえしてくる。

ことわっておくが、私は悪の組織の存在を否定しているわけではない。むしろその存在をかたく信じる者だ。たとえば人々を洗脳して私の名前を必ず「佐和子」と書きまちがえるように仕向けたり、私が買っておいたシャンプーとリンスをこっそりシャンプーとシャンプーにすり替えたり、急いでいるときに必ずSuicaの残額が足りなくなるように工作したり、買い換えたばかりのスマホが三か月以内に必ずひび割れるように仕組んだりすることで私を発狂に追いやろうとする、おそるべき秘密組織は確かにこの世に存在する。

にもかかわらず、「悪の組織」と聞くと、なぜ前述のような気分になってしまうのか。

もしかしたら「悪」という言葉と「組織」という言葉が何となく合わないからかもしれない。

「組織」というからには、どんなに大規模であっても草創期は存在したはずで、悪のカリスマとその右腕である番頭的な人の二人しかいなかった時期というのも、きっとあったにちがいない。カリスマと番頭、二人三脚で苦楽を共にし、きつい悪の業務の合間に一本の煙草(そのころはまだ葉巻ではない。ついでに白いペルシャ猫もまだ飼っていない)を分けあいながら、夕陽を眺めて世界征服の夢を語り合った青春の一ページだってあったかもしれない。

それに、悪の組織にはたいていものすごい数の構成員がいるわけで、その人たちへの待遇が悪ければ組織も弱体化してしまうはずだ。やはりそれなりの賃金や手当てを払わなければならないだろうし、怪我や死亡事故も多いから、保障や福利厚生もしっかりしていなければなるまい。保養所とか社宅とかリフレッシュ休暇とかも欲しいところだ。敷地内には正義のヒーローに殺された仲間たちの慰霊碑があって、毎朝黙禱《もくとう》が捧げられているかもしれない。

そもそも悪の人たちはものすごく勤勉だ。世界征服というはっきりした目標をかかげ、綿密な計画を立て、その実現に向けてあらゆる努力を惜しまない。悪の組織の野望はたい

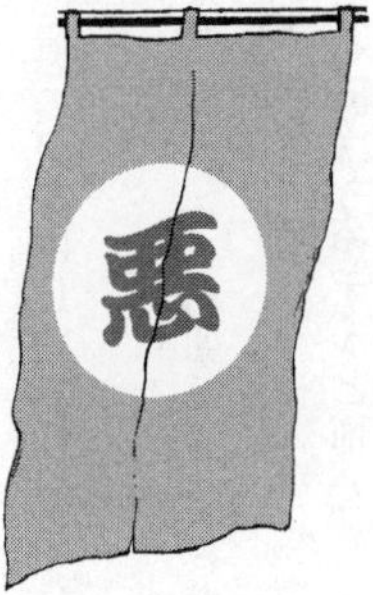
悪

ている正義のヒーローによってくじかれるものと相場が決まっているが、何度妨害されてもけっして腐らない。悪の親玉が「うぬっ、おのれっ」と悔しがる姿に私はいつも胸が痛む。こんなに毎回ストレスばかりで大丈夫だろうかと心配になる。でも彼らはけっしてくじけずに次なる悪の手を打ってくる。「ふっふっふ、今度の計画こそ完璧だ」と明るく前向き、いつも笑顔だ。けっして自信をなくして落ち込んだり鬱《うつ》になったりしない。自分では手を下さず、信じて部下に任せる。理想の上司だ。

考えれば考えるほど悪の組織は良いものに思えてくる。ちょっと入りたくさえなってくる。

ためしに「善の組織」というものを考えてみた。善のカリスマが世界征服を目指して日々善を行う愛の集団。

なんでだろう、こっちのほうがずっと怖い。

名前はどうしよう。「善の組織・ほほえみ」とか。

ものすごく怖い。

正月連想

正月が過ぎてしばらくすると、自分の出した年賀状がぽつぽつ戻ってくる。先方が知らせてくれた転居先を直しわすれたせいで戻ってきたものもあるが、そうでなく戻ってくるのもある。あー〇〇さん引っ越したのか。知らせてくれなかったんだ。そう思うとうっすら寂しくなる。

もっとつらいのは、自分が隅のほうに書いた「ひと言」を見てしまうことだ。まず字が汚い。そして内容も「またこんど飲みましょう！」とか「お元気ですか？」とか、全然面白くないうえに心もこもっていない。届かなくてよかった。でも同じ調子で書いた大部分のはがきはすでに届いてしまっているわけで、死にたくなる。今からでも取り戻したい。年賀状なんてこの世になければよかったのに。

気分を変えるために散歩に出る。たしか歩いて行ける距離の公園に冬咲く珍しい桜があったはずだ。だが日ごろの運動不足がたたって公園に着いたころには足腰がガクガクになり、手近なベンチにへたり込む。だいたいこの広大な敷地のどこにその桜があるのか、なぜ確かめてこなかったのか。

燃え尽きたボクサーのポーズでベンチに座っていると、犬を連れた人が頻繁に前を通る。向こうからとこっちからと行き合ったりもする。見ていると、犬どうしの反応は①互いに激しく吠え合う、②片方は激しく吠えるが片方は無視、③互いに無視、④近寄っていって尻を嗅ぎ合う、の四パターンがあることに気づく。体の大きさや種類はまったく関係ない。大きい犬が小さい犬にキャンキャン吠えかかって昂然と無視されることも少なくない。しかもどの反応も瞬間的で、勝負は最初から決しているかのように見える。それはつまり各犬がもって生まれた格みたいなもので、動物だからすごく如実に表れるし、死ぬまで格付けは変わらないのかもしれない。

などと考えているうちに、すごいことに気づいてしまった。人間だって動物なんだから、そういう生まれながらの格付けみたいなものは存在するんじゃないか。職業とか年齢とか貧富とか外見とかをすべてはぎ取って、丸腰で平場にポンと置かれたときにあらわになる、動かしがたい格の上下のようなものが。簡単に言えばオーラ、ということなのかもしれないが。

そして、それでいくと私は下層も下層、最下層の格付けであることに絶対的な自信がある。そう考えると、思い当たることがつぎつぎ出てくる。自分よりずっと歳も若く経験も

浅い人の前でわけもなくへどもどしてしまうこと。何か揉《も》め事が起こったときに、ぜんぜん無関係なのに自分のせいのような気がしてしまうこと。友だち数人と買い物をするとき、他の人が支払いに手間取ったときはみんな立って待っているのに、私が手間取ると待たずに歩きだしてしまうこと。名簿などで、私の名前だけ抜け落ちていることが一度や二度でないこと。ぜんぶ私の体じゅうの毛穴からにじみ出る「平場での格下感」のなせる業なのじゃあるまいか。

行きよりももっと気落ちして家に帰り、テレビをつけたら、ニュースで〈平場の根本《ねもと》じい〉という老スリがつかまったと言っていた。「平場」というのは観光地や初詣の寺など、人出の多い場所を指す警察の隠語だそうだ。ためしにスリ師のニックネームを調べてみた。幹線の水さん（新幹線グリーン車の客狙い）。ケッパーの三ちゃん（尻ポケット専門、「パー」は財布のこと）。抜きのヒデ（酔客の背広から財布を抜く）。デパ地下のさと婆（キャリア六十年）。どれもいかす。私がスリだったらどんな称号で呼ばれたいだろう。〈韋駄天のさち婆〉とか。〈一番星のさち婆〉とか。どうも婆が気に食わぬ。もっとこう、婀娜《あだ》な感じがほしい。〈匕首《あいくち》のお吟〉なんてどうか。いかす。だがそれはもうスリじゃない。私ですらない。

天井の祖母

子供のころ、「11PM」というテレビ番組を深夜にやっていた。子供は観《み》てはいけない番組とされていたので、熱心に観た。

月曜から金曜まで、テーマは日によってまちまちだったが、私が特に好きだったのは、ときどきやるオカルト特集だった。オカルト特集の日には、親が寝たあとの居間で息を殺し、テレビの前に正座してかぶりつきで視聴した。UMAも、UFOも、超能力も、キャトル・ミューティレーションも、オカルトに必要なものは全部「11PM」で教わった。オカルト馬鹿一代としての今の私があるのも、これと『少年マガジン』巻頭グラビアのおかげである。

そうやって数限りなく観たオカルト特番の中には、今もはっきり覚えているものがいくつかある。

たとえば「宇宙人からの音声メッセージ」。ある人が（たしか僧侶だった）宇宙人と面会した時の録音テープ、というものがあって、それをスタジオで再生した。どこか中近東あたりの言語とお経を混ぜたような言葉が、抑揚のない金属っぽい声で延々と、途切れめも息継ぎもなく続いていく。不気味だった。だがそれを流している途中、出演者のうちの誰か（大橋巨泉だった気がする）が、これと同じものを聞いたことがある！　と言い出した。タクシーで夜、伊豆の山の中を走っていたら、突然無線機から同じ声が流れてきたのだという。そのあたりを走るタクシーの間では有名なのだそうだ。そのエピソードがいちばん怖かった。

ドイツの心霊実験の回も忘れがたい。

何もない部屋に被験者ひとりが座る。それから部屋の天井に近い隅の空間に向けて、超高感度のマイクをセットする。そうして、被験者が死んだ自分の母親に向かっていくつか質問を読み上げる。あとでマイクが拾った音声を何百倍にも増幅してみると、母が質問に答える声が録音されていた。スタジオで、実際のその音声が流された。被験者が「お母さん、いたら返事をしてください」というようなことを言うと、遠い遠いところから届いたような小さくか細い女性の声が、「いますよ、ここに」と（もちろんドイツ語だ、字幕がついていた）答える。さらに声は「マリア（死んだ親戚の誰か）もいるのよ、いま呼ぶわね」と言って、歌うような長く引っぱった声で「マァァリアァァ」と呼んだ。

正座して息をつめてテレビの前に座っていた小学生の私は、背中に鳥肌が立った。怖か

Maaaaaaaaaarii iiiaaaaaaa

ったけれど、感銘も受けていた。何となく前々からそんな気はしていたのだ。あの世とこの世は意外と地続きで、ただ声の大きさがちがうだけなのだと思った。私はそっと部屋の天井の隅あたりを見た。じゃあ、死んだ自分のお祖母《ばあ》ちゃんも（当時は死者というとまだ祖母しか知らなかった）、あのあたりにいるっていうことじゃないか。

前置きが長くなったが、そんなわけで、以来ずっと、私の部屋の天井の隅には死んだ祖母がいる。目には見えないし声も聞こえないけれど、こちらのことはたぶん向こうには見えているし、聞こえてもいるはずだ。ときどき話しかけてみようかなと思うこともある。だが困ったことに、あの日観た番組の印象があまりに強かったせいか、天井の祖母はドイツ人になってしまっている。マリアという名前で、恰幅《かっぷく》がよく、黒くてたっぷりした長いスカートを穿《は》いている。実際の祖母はやせて和服姿だったが、そんなこと関係なしにマリアは私の祖母だ。

マリアに日本語で話しかけても、理解してもらえないだろうな。どっちみち高感度マイクがないから、祖母がドイツ語で何といっているかはわからないだろう。

デパート

このあいだ新宿に行った。

新宿に行ったぐらい何だと思われるかもしれないが、私にとっては大事件だった。諸事逼迫《ひっぱく》して家から一歩も出られなかった。新宿はおろか地面というものを踏まなかった。どこにも行かず誰とも会わず、外界との接点はネットのみ、そんな生活が半月ぐらい続いた。

その逼迫の元であった原稿をやっと渡したその足で、衝動的に新宿に出た。やりたいことがいっぱいあった。映画が観たい。書店で本を見たい。喫茶店に行きたい。服が買いたい。山中での長い荒行を終えた僧のように、無辺際の欲のかたまりとなって、とにかく新宿に降り立った。

真っ先に目指したのはデパートだった。とにかく服が欲しかった。人と触れ合わないし外に出ないから服は必要ないのだが、必要ないと思えば思うほど服への思慕はつのった。いったい何が欲しいのか、ワンピースなのかシャツなのかパンツなのかは自分でもわからなかった。とにかく「服」と名のつくものが欲しかった。それを買うという行為がしたかった。そしてそういうものが千億万億個集められている夢の殿堂、それがデパートだった。入口から一歩足を踏み入れた瞬間、軽い目眩《めまい》をおぼえた。本当に、千億百億万個の物物物物がそこにはあった。光と色と形が渦巻いていた。なんだかいい匂いまでした。足がすくんだ。

だがとにかく服を買うのだ。それをしに私は来たのだ。

でもどこへ行けばいいのかがわからなかった。ふだん自分が何階のどのあたりでどんなものを買っていたのか、もう思い出せなかった。前に来たのは二百年前のことだった。よくわからないまま手近なショップに入り、目についた服を手に取った。その瞬間、私の頭の中に渦巻いた声を言語化すると、こうなる。

〈服だ――――！　本物の服だ――――！〉〈手でさわれる！　クリックしなくても拡大できる！　実在している！〉〈うわわわわわわ〉〈服……これが、服？〉

逼迫のあいだに物欲にまかせてネットで服を見る癖がついていた。あまりにたくさん見すぎて、服とは二次元の画像であると思いこんでいた。こんなふうに手触りと質量のある物体だということを忘れていた。脳がリアルの服の発する情報量を処理しきれず、パンクしそうだった。

そこから先は、記憶があいまいだ。

脳がパンクしたまま、ふらふらといくつものショップを見たような気がする。いくつもの服を手に取り、いくつかは着てみ、そのたびにリアルの衝撃に軽くよろめいた。

店員さんもみんな天使のように優しかった。この世の生き物と思えなかった。そもそも生きた人間と接するのが久しぶりだった。「よかったらお試しください」と言われただけで涙ぐみそうになった。

最後のほうはもはや自分が何を見ているのか、何を着ているのか、目がかすんでよくわからなかった。わからないまま、何かぼんやりと光り輝く素敵な布製の物体を、財布の中から出した四角い紙の何枚かと交換した。それを天使がふわふわの雲みたいなものでくるんで手渡してくれたのを、大事に抱えて家に持ちかえった。

何だかよくわからない光り輝くその物体は、今もクローゼットの奥に吊り下がっている。

私はときどき扉を薄く開けて、それがまだ実在していることを確かめる。次なる逼迫の護符として。

ネジ

このあいだ、自分の部屋で何か硬くて小さいものを踏んづけた。

ネジだった。さしわたし二センチほどの、白っぽい銀色をした、小さなネジ。

手の上に載せてしげしげ見た。何のネジだろう。小さくサビが浮いて、けっこう年季が入ったもののように見える。

私は部屋の中を見まわした。大した機械類があるわけではない。電話。ワープロ。電子辞書。暖房器具。スチール製のキャビネット。どれも壊れたりネジが取れてゆるんだような様子はない。色や素材もマッチしない。

べつの部屋から持ってきた何かから落ちたのだろうか。掃除機とか。だが掃除機はもう長いことかけていない。

この部屋には自分以外誰も入らないから、誰かが落としたとも考えにくい。そもそも毎日この部屋にいて、今まで気がつかなかったということは、つい最近落ちたもののはずだ。いったいどこから。

自分か。

自分から落ちたネジなのか。

にわかには信じられないが、消去法でいけばそれ以外に考えられない。

もう一度、手のひらにネジを載せてじっと見る。

だんだん自分の一部だったたような気がしてくる。

知らなかった。自分は機械だったのか。

しかし本人も知らないうちに機械だったなんてことあるだろうか。

でも『ブレードランナー』のレイチェルだって、自分がレプリカントだったことを知らなかったじゃないか。

あり得る。じゅうぶんあり得る。

そう考えてみると、いろいろなことに合点がいく。

さいきん肘とか膝とかが妙にキコキコいうこと。

視界の端に、バグのような白い玉がときどき現れること。

静かな場所にいると、低いハム音が頭の中で鳴ること。

ぜんぶ「機械の経年劣化」で説明がつくんじゃないか。

何より脳の処理能力ががくんと落ちた。それこそ「ネジがゆるんだ」というやつだ。

私

なんてこった。私はしゃがみこんだ。自分がレプリカントだったと知らされたレイチェルの気持ちが、今なら猛烈にわかる。

私は何とか物事の明るい面を見ようとした。そうだ、悪いことばかりじゃない。機械なら、部品の取り替えもきくはずだ。なんだったら全とっかえとかもできるのではないか。そうすれば今までの不具合はすべて解消、若返りもできて一発逆転勝利だ。どうすればいいのか。宇宙なのに煙を出して走る変な列車に乗って、新しい機械の体をもらいに行けばいいんだろうか。

でもお高いんでしょう？　ご安心ください、保証期間内でしたら無料で交換いたします。しかし製造から五十年以上過ぎている。部品はもうとっくに生産中止だろう。私そのものが廃番かもしれない。あああ。

そこまで考えて私は我に返る。

ははは。いやいやいや。自分が機械だったとか、さすがにそれはないわ。でも一瞬本当に機械の体になったみたいな気持ちになれたし、レイチェルの気持ちにもなれた。ネジ一本でちょっとした脳内の旅ができたというわけだ。

私は立ち上がり、そのネジを引出しのどこかにしまう。

数週間後、また同じようなネジを部屋の中で踏んづける。

マッチポイント

疲れているとき、眠いとき、ぼんやり道を歩いているとき、もう何十年も前に読んだ、タイトルも思い出せない漫画の一節が脳内でエンドレスで再生されている。

少女漫画で、学園ものだった。

大勢の生徒が金網にしがみついて、テニスコートで行われている試合を観戦している。学園のプリンス的な男子がテニス大会の決勝戦を戦っているのだ。

プリンスはテニスの天才なのに、珍しく劣勢に立たされている。そしてとうとう相手にゲームだかセットだかマッチポイントだかを取られそうになる。

するとプリンスは急に我にかえったような顔つきになり、「おっとまずいまずい、そろそろ本気を出しますかね」とつぶやいて、相手の打ったサーブをバシッ！　と打ち返してエースを決める。観衆がおおっとどよめく。

プリンスはその後もバシッバシッとエースを決めてあっと言う間に形勢は逆転し、試合に勝つ。プリンスはテニスの天才で勉強ができて性格もよくて中学生なのに大人みたいに見えて、金網にしがみついていた主人公のソバカスの女の子に憧れられる。

もう何十年も前に一度読んだきりの漫画だ。タイトルもストーリーも、プリンスと女の子の顔も名前も忘れてしまったのに、その対戦相手の顔はとてもよく覚えている。その人に顔がなかったから覚えている。デッサンの時に目鼻の位置を決めるために鉛筆で描くような十字の線がザッと描いてあっただけだった。昔の少女漫画でよく用いられた手法だ。

疲れているとき、空腹なとき、物哀しいとき、大昔に読んだその漫画の、プリンスに勝ちそこなった十字顔の彼と、「おっとまずいまずい、そろそろ本気を出しますかね」を繰り返し思い出す。三日に一回は思い出す。十字顔の人のそれまでの人生や、その日いちにちのことを考える。

朝早く目覚めて今日はいよいよトーナメント決勝だと思う十字顔の人。緊張しつつもしっかり朝ごはんを食べて試合に備える十字顔の人。今日対戦するプリンスの顔を思い浮かべて、あいつに勝てるわけがない……と意気消沈しかける十字顔の人。いやでも俺だってここまで頑張ったじゃないかと自分を鼓舞する十字顔の人。彼の脳裏を三歳ではじめてラケットを握った日のことや辛かった合宿の日々や両親の十字顔が走馬灯のように駆けめぐる。でもそういえばどうして俺の顔はこんな十字の線だけなんだろうと彼は考える。やっぱりこの学園漫画のストーリーにおいてこの先必要ないからこんな顔なんだろうか。とい

うことはやっぱり今日の試合には負けてしまうんだろうか。

いやいやまだわからない、とテニスコートに立って彼は思う。もしかして死ぬ気で頑張ればプリンスにだって勝てるかもしれない。そうしたら今日も見にきているソバカスのあの子もこっちを見てくれるかもしれない。そしてこの学園漫画のストーリーも変わるかもしれない。俺の顔も十字でなくなって目鼻がつくかもしれない。

十字顔の人はプリンス相手に死力を尽くす。球を拾って拾って拾いまくる。サーブも今日は冴えている。彼の十字の顔を、漫画家には描いてもらえない汗が伝う。彼はプリンス相手に互角の戦いをし、漫画家の描かないゲームやブレークやジュースやセットポイントを重ねていく。そしてついに迎えるマッチポイント。受けてみよ、俺のこの渾身の描かれないサーブ。

「おっとまずいまずい、そろそろ本気を出しますかね」

バシッ。

ぬの力

ヌテラ、という食べ物がある。

ピーナッツバターをもっとこげ茶にしたようなペースト状で、ピーナッツバターのような瓶に入っている。ヘーゼルナッツを主原料にした、パンに塗るなどして食べる甘いものだ。欧米ではとてもポピュラーだが日本ではあまり売っておらず、私もまだ食べたことがない。一度食べると病みつきになるらしく、ネットで検索すると〈悪魔の食べ物〉という言葉が上のほうに出てくる。とても気になる。

何といっても名前にインパクトがある。ヌテラ。口に入れた時の、粘り気で上顎と舌がくっつくような感じが見事に表現されている気がする。何度でも声に出して読みたくなる外国語。ヌテラ。

スペルはNutellaで、たぶんナッツが主成分だからなのだろうが、だからといって「ナテラ」では全然だめだ。ぜひともここは「ヌ」で始まるのでなければならぬ。

そう考えてみると、語の先頭に来る「ヌ」の音にはすごい破壊力が備わっているような気がする。

ヌスラ戦線、というのもある。アルカイダの関連組織で、よく人質の首をはねたりする。これだって「ナスラ戦線」や「ニスラ戦線」や「ノスラ戦線」では怖さ半減だ。

人の名前はどうだろう。

ヌレエフ。

ヌルハチ。

ジョン・健・ヌッツォ。

どれもただならぬ妖気が漂っている。

鵺《ぬえ》。これ一語でたちまち横溝正史の世界が召喚される。この鳥は別名トラツグミだが、トラツグミでは悪魔が来たりて笛を吹かないし、病院坂の家も首を縊《くく》らない。

ぬばたま。「夜」や「黒」の枕詞だと頭ではわかっていても、最初にこの語を持ってこられると、もう「ぬばたま」のことしか考えられなくなり、歌の意味が頭に入ってこない。

キャラが強すぎて、正直、枕詞にはあまり向いていないのではないかと思う。

ヌクレオチド。理科の授業で習った気がするが、何なのかわからない。わからないまま、言葉だけが何十年も残っている。

すべては「ぬ」の呪術的な力のなせるわざだ。

ぬ

少し前まではよくパソコンの画面が文字化けした。あの宇宙人からの電波を受信してしまったかのような不気味な文字列に、「纏」や「痴」やギリシャ文字に混じって、そういえば半角の「ヌ」がやたら多用されてはいなかっただろうか。

もしかしたら「ぬ」は宇宙から来たのではあるまいか。

五十音にまぎれて普通の音のふりをしているが、本当は地球外生命体なのではなかろうか。語尾や語の途中に置かれれば目立たないが、語の先頭にくると、その異質性がむき出しになってしまうのだ。

だいいち「ぬ」という形からして何となく怪しい。見れば見るほど、エイリアンが息を殺して体を丸め、「め」に擬態している姿に思えてくる。

「ぬ」の狙いはいったい何なのか。

やはり世界征服であろうか。

何千年とかけてじわじわと地球を侵略し、すべてのものを「ぬ」化しようとしているのだろうか。ヌテラはさしずめその手先だ。

今のところ、このことに気づいているのは私だけのようだ。もし私がある日急に姿を消したり、このページに「ぬ」しか書かなくなったら、その時はたぶん、私の仮説が証明されたのだ。

カバディ性

今から二十年ぐらい前、友だちの家に数人で集まって話をしていた。どういう流れでそうなったのだったか、話がカバディのことになった。ほかの誰もカバディの存在を知らなかったので、私は説明した。数人ずつ二手に分かれて競うスポーツであること。守備の側が手をつなぎ、攻撃側は「カバディカバディカバディカバディ」と言いながら鬼ごっこのように相手をつかまえること。息が続いているあいだだけ攻撃できること。

私の説明を聞いて、全員爆笑した。なにそれー。そんなのあるわけないじゃないー。ほんっとヒマだよねー。何なのカバディってー。私はなおも必死になってカバディの実在を証明しようとした。インドが発祥の地であること。このあいだ観たブッダの伝記映画の中でもブッダがカバディをやっていたこと。ブッダ役がキアヌ・リーヴスだったこと。そのうちオリンピック競技になるかもしれないこと。

全員腹をかかえて笑った。いやいやいやいや。ないわー。よくそんなの思いつくよねー。キアヌかっこいいよねー。

そこに遅れて、もう一人の友人がやって来た。誰かがその人に言った。ちょっとちょっと聞いてよ、この人がカバディっていうスポーツがあるって言うのよ。カバディカバディって息が続くかぎり言うんだって。

その友人は「ああ、あるよねカバディ。インドが発祥のスポーツでしょ」と言った。するとたんにみんな「あ、そうなんだ」とあっさり納得した。

私は釈然としなかった。なぜ私があれだけ力説しても誰も信じようとしなかったのに、別の人が同じことを言うと無条件に信じるのか。だが話題はすでに別のことに移ってしまっていた。のちに私の中で「カバディ事件」として記憶されることになる悲しい出来事である。

悲しくはあったが、現象に名前がついたのは有益だった。このカバディ現象は、「今日は何曜日か」から始まって小学校の時の先生のあだ名にいたるまで、その後も繰り返し私の人生に現れることとなった。

考えてみると、私は待ち合わせ場所に行くと「電車、ちゃんと乗れた?」と訊かれることが多い。「毎朝何時に起きてるの?」とか「ごはん、作ることあるの?」とかもよく訊かれる。だが、ふつう大人はこういうことを訊かれるものだろうか。私の毛穴から、いや

Kabaddi

Kabaddi

存在そのものから発散される、人としての圧倒的な信ぴょう性のなさ。その「カバディ感」というか「カバディ性」というか「カバディさ」というかが、人にそんな質問をさせてしまうのではないか。

このあいだネットを見ていたら、高校生が世界的な大発見をしたという記事が出ていた。足の裏を消毒して雑菌を殺すと、蚊に刺されにくくなるのだそうだ。

彼は、妹が自分の何倍も蚊に刺されやすいことを不思議に思い、原因を究明するべくさまざまな実験を行った。その結果、蚊が妹の脱いだ靴下に激しく引き寄せられることを発見した。そしてついに、蚊に刺されやすい体質の人の足の裏には、人より多くの雑菌が生息していることを突き止めたのだという。

すばらしい。生活の役に立つうえに、誰にでも手軽に実行できる。彼の妹が学校でからかわれないかだけが少し心配だが。蚊に刺されやすいあの人やこの人に教えてあげたい。

でも教えない。

カバディの二の舞はごめんだ。

みんな蚊に刺されるがよい。

敵

おなじ限られた時間を生きるのであれば、楽しいことだけ考えているほうがいいに決まっている。楽しいことだけ考えていれば、それが現実の楽しいことを引き寄せてますます人生は楽しくなり、心身共に幸せになり寿命が延び仕事もうまくいき収入が増える。ということを頭ではわかっているのにそうできないのは、楽しいことを考えている時の自分は隙だらけで敵に狙われやすいと無意識下で信じているからで、じっさい敵はかならずや襲ってくる。

思えばわが宿敵中の宿敵、私がもっとも恐れる例の昆虫は、いつだって狙いすましたようなどんぴしゃのタイミングで現れては私の楽しみを打ち砕いてきた。鍋をつついていたら湯気を透かして向こうの壁に。ひとっ風呂浴びてさっぱりした足拭きマットの上に。わあきれいと顔を近づけた花の陰から。夜の自販機の前でどれを飲もうか考えていたら、皓々《こうこう》と輝くガラス面にシルエットとなって。

だから私はつねに楽しい気分を押し殺し、敵どもの襲撃に備えてイメージトレーニングに余念がない。

たとえば「にゃんまげ」。恐ろしい敵だ。猫なのにちょんまげを結っているのが恐ろしい。耳がなくて頭が球体なのが恐ろしい。ぬっと直立しているのが恐ろしい。走ってきて人に飛びついたりするのも恐ろしい。あんなものが夜道を向こうから歩いてきたらと思うと食事が喉を通らない。

あるいは「テレタビーズ」。底知れぬ恐ろしさだ。顔が笑ったまま凍りついているのが怖い。色違いで同じようなのがマトリョーシカのように並んでいるのが怖い。無意味な音を発するのが怖い。同じことをきっちり二度くりかえすのは狂っているとしか思えない。

「きかんしゃトーマス」。最凶最悪の敵だ。機関車の前面に強引に貼りつけられたプラスチックの顔の忌まわしさ。目がぎょろっと左右に動いたりする。黒い眉毛も怖い。存在そのものが邪悪だ。

夜道でそれら敵に遭遇した場合に備えて、闘い方は頭に叩きこんである。にゃんまげの弱点はあの髷《まげ》なので、走っていってすれ違いざまに引きちぎる。テレタビーズは、腹に埋め込まれたモニターを石で叩き割れば動きを封じられるはず。トーマスは直線にしか走れぬ弱点を突いて、横に回り込んで車輪に鉄棒を差し入れて脱線させる。シミュレーションは完璧だ。

HELLO

だが最近になって、新たな強敵が私の前に現れた。「ペッパー」というロボットだ。あのつるんとした冷たそうなボディ。瞳孔の開ききった目。唐突に胸に貼りつけられたタブレット。何よりやたらとなれなれしく話しかけてくる。地獄だ。

最初は気にも留めなかったが、このところ実用化が進んでいるのか、あちこちで姿を見かける。

ついこのあいだは、渋谷のおしゃれセレクトショップに奴がいた。誰もいない空間に向かって「ぼくもここの店員なんですよ！」とか「好きな色はなんですか？」などと話しかけ、しばらくすると「ぼくを無視しないでくださあい！」と言っていた。震えた。

奴をどうやって倒すかはすでに考えてある。まずくっついて一つにつながった脚にカニバサミをかけて横転させる。馬乗りになって胸のタブレットを引きはがす。とどめに電源を抜く。

だが夜道を向こうからペッパーがこちらに向かって近づいてきたら、本当に私は闘えるだろうか。「こんばんは！」などと話しかけられたら、恐ろしさに金縛りになってしまわないだろうか。そもそも、道を一人で歩くペッパーに電源はあるのだろうか。それは本当にペッパーなのだろうか。

人生の法則一および二

五十年以上人間をやっていると、私のようなぼんくらでも、人生の法則、と呼んでいいようなものを一つか二つは見つけたりする。

そのうちの一つは、「人とはウジの話でけっこう盛り上がれる」というものだ。

だいたい私はつねづね不思議だったのだ。

人が死んで死体がしばらく放置されると、たいていウジがわく。だがそのウジはいったいどこから来るのか。

そりゃあそのへんにいたハエがぶちゅりと卵を産みつけたんだろうよ、と人は言うだろう。

けれどもまったく密室でハエなど一匹もいなくても、しばらくするとやっぱりウジがわく。

じゃあ食べたものの中に卵が入ってたんじゃねえの、と人は言うかもしれない。

そうだろうか。現代の食べ物にそんなにハエの卵って混入しているものだろうか。こんなに高確率でウジが発生するということは、たいていの食べ物にハエの卵が入っているということにならないだろうか。いま食べた野菜炒めやロールケーキといっしょに私はハエの卵も摂取してしまったのだろうか。

それとも。考えたくないが、もしかしてウジは米粒に擬態してこっそりまぎれこんでいるのだろうか。たとえば一万粒に一個の割りで奴が混じっていたとして、それを見分けて取り除く能力が人類に果たしてあるだろうか。

あるいは、たとえそこが完璧な密室であっても、ハエは死体の存在を察知して、必ずやどこかから侵入してくるのだろうか。壁抜けやテレポーテーションなど、人知を超えた超能力を駆使するのだろうか。ディクスン・カーや横溝正史も真っ青の密室トリックを使うのだろうか。

というようなことについて長年一人で考えつづけていたのだが、あるときこれを思い切って人に話してみたら、意外と食いついた。三割ぐらいの割合で食いつく。打率三割ならば、スタメンに定着できるくらいの好打者だ。

そしてこの話題に反応を示す人は、たいていとても嬉しそうな顔をする。長年閉じ込められていた地下牢に新入りが入ったような顔。たぶん私も同じ顔をしている。

人生の法則のもう一つは、「人とは足の垢の話でもけっこう盛り上がれる」だ。

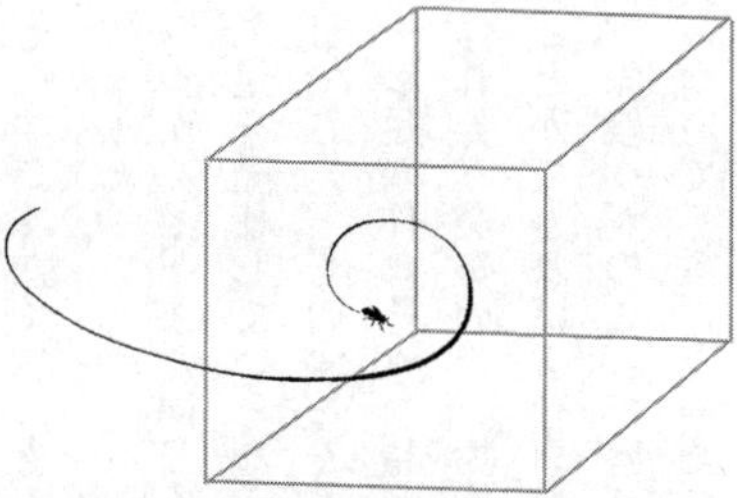

だいたい私は前々から不思議だったのだ。なぜ足、というのは英語の foot にあたるくるぶしから先のことだけれど、足はあんなに垢がたまりやすいのだろう。表皮を一層はいだくらいに取れる。

風呂場で足をひっかくと、ものすごくたくさんもろもろが取れる。

次の日にまた風呂場で足をひっかくと、また同じくらいたくさんのもろもろが取れる。不思議だ。あちこち出歩いて足を酷使しているならともかく、家から一歩も出ず万歩計をつけても百歩以下のような日でさえ、ものすごくもろもろが取れる。

取れた垢ひと月分で、もう一つ足が作れそうな量産態勢だ。それどころか、こつこつ溜めていけば、自分がもう一人作れそうな勢いだ。垢でできたもう一人の自分。仲良くなれそうだ。うまく魂を吹き込むことができれば、仕事を分担できるのではないか。

というようなことについて、先般ウジのことで盛り上がった人に思い切って話すと、これまたけっこうな高確率で食いついてくる。だいたい七割ぐらいの割りで食いついてくる。七割といえばもう伝説の強打者、『野球狂の詩』で一人で大洋ホエールズを首位にまで押し上げた海王神人《かいおうかみと》クラスである。

長年人間をやっていると、こんなことで始まる友情もある。終わる友情は、もっとある。

ひみつのしつもん

カード会社のホームページにログインしようとした。前にログインしたのがずいぶん前だったせいか、いつもとはちがう画面が出た。

〈お客さまの身元確認のため、秘密の質問の答えを入力してください。〉

という文言があり、

〈子供のころの親友の名前は？（ひらがな四文字以上）〉

と質問が出た。

ああはいはい、ユリチンね。懐かしいなあ。

〈ゆりちん〉と入力してエンター。

エラーが出た。

え。軽く動揺した。ユリチン。小学校のころいちばん仲が良かった。六年生のときなんか、ほとんど毎日遊んでいた。いっしょにマンガを描いた。映画館で『小さな恋のメロディ』を観た。電車に向かってラインダンスをした。毎日死ぬほど笑い転げた。たしかに親友だった。他に誰がいるというのだ？

いやいや待て。小六よりもっと前の話かもしれない。そうか。とし子ちゃん。小二のとき隣の社宅に越してきた。同じクラスになって、毎日いっしょに下校した。家に帰ってからは必ずどちらかの家で遊んだ。そうだとし子ちゃんを忘れていた。

〈としこちゃん〉と入力してエンター。

エラーが出た。

額に汗が浮かんだ。とし子ちゃんでもない……？　じゃあもっと前なのか？　そうか子供っていったらやっぱり汚れを知らない幼稚園時代だよね。小学校なんて荒波にもまれて汚れっちまって、もうとても子供とは言えまい。

サキちゃん。サキちゃんを忘れていた。幼稚園の年長のとき同じすみれ組だった。ぐずでいじめられっ子だった私に、サキちゃんだけは優しくしてくれた。具体的にどう優しかったのか、もうあんまり覚えていないけれど、でもここまで来たら他には考えられない。

サキちゃんでお願いします。

エラーが出た。

動悸が激しくなってきた。

いったい誰だったのか私の親友は。

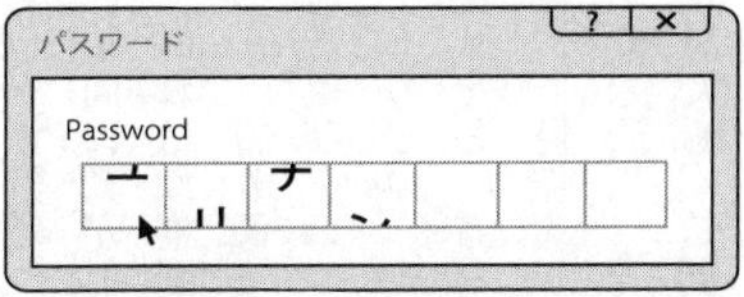
パスワード
?
×
Password

だがたしかこの質問は、〈母親の旧姓は?〉とか〈ペットの名前は?〉等々の候補の中から自分で質問を選んで答えを設定したのだ。つまりそれくらい自分にとっては自明の答えだったはずなのだ。

私はげんこつで頭をぐりぐり締めつけた。頰を平手で叩いた。心頭滅却して般若心経を唱えた。そうするうちに暗闇に光が射すように、かすかな記憶がよみがえった。

そうだ。思い出した。あれは幼稚園よりもっと前なのかそれとも小学校あるいは中学なのかいっそその全部なのか、寄り添うようにつねにいっしょに過ごした親友が、確かに私にはいた。ありとあらゆる遊びをいっしょにした。石蹴り、ゴム跳び、あやとり、サッカー、すごろく、万引き、しりとり。セミをつかまえ、池で泳ぎ、花火を打ち上げ、サツをまき、密航し、スイカ割りをし、雪だるまを作った。手をつないで空を飛んだ。残像を替え玉にした。絵の中に隠れ、時空を旅し、万里の長城を越えた。楽しかった。あんな大切な親友の存在を忘れていたなんて。その子供の名前は。名前は。

かすむ目でモニターを見たら、質問はもう次の〈好きな食べ物は?〉に変わっていた。

私はそっと画面を閉じた。

とてつもなく大切な何かに永遠にログインしそこねたことだけが、はっきりとわかった。

新しいツボ

このあいだ、ワタの種というものをもらった。アサガオの種ほどの大きさで、白いふわふわの綿状のものに覆われたのが三粒、ビニールの小袋に入っていた。見た瞬間、興奮と動揺が入り混じったような、変な気持ちになった。

それからずっと考えつづけて、あれはツボを押されたのだとやっと気がついた。自分にそんなものがあることさえ知らなかったツボを、しかも二つ同時に押されていた。

まずぐっときたのは、ワタという、あのふわふわを産出する植物が、種までふわふわしていたということだ。だが種までふわふわである必要はあるだろうか。装飾だろうか。もしかしたらワタがもって生まれた、ありあまるほどの「ふわふわ性」が、勢いあまって種にまで出てしまったのではあるまいか。

「その物や人や生き物の顕著な特徴が、勢いあまって細部に繰り返されてしまっているのが好き」というこのツボを最初に押されたのはいつだっただろうかと考えると、たとえばそれはクジャクの雄の頭の上に三本くらい立っている、あのアンテナ状の飾りだったかもしれない。尾羽根の豪華さに比べてかなり小規模かつ唐突だが、何というか、己を飾らずにいられないクジャクのもつ過剰なクジャク性が、行き場をなくしてあそこに噴出してしまった、といったように見える。飾りの材質や色もちゃんと同じところもいじらしい。あるいは、キン肉マンの家。彼はどこかの星の王子であるにもかかわらず、悲しい掘っ建て小屋のような家に住んでいて、その窓と扉が自分の顔そっくりにできている。そして本人は何の疑問もなくそこで暮らしている。それから国鉄（昔はJRのことをそう呼んだ）の切符。一見薄いピンク色の紙だが、目を近づけてみると、うんと細かいピンクの文字で「こくてつ・こくてつ・こくてつ・こくてつ」とびっしり印刷された地模様になっていた。そのことに最初に気づいたときも、同じツボをそっと押された気がする。

「動植物が、過剰に自分を守ろうとするあまり変な形態になっている」のも私にはツボだ。ワタの系列でいえば、たとえばネコヤナギやエーデルワイス。寒いのが苦手なんだろうな、と思う。思うが、ちょっとやりすぎではないかという気もする。あるいは、栗のイガ。何が何でも絶対に中身を食べられたくないという強固な意志を感じさせる。あそこまでむきになって防御するとは、過去にいったいどんな辛いことがあったのだろうと胸が痛む。だがその努力が逆に、そこまでガードするからにはよほど中身が美味しいのだろうという憶測を呼び、また実際に美味しいものだから、食べられる。ジュンサイにいたっては、葉を

きしもときしもときしもときしもときしもときしもときしもときしもときしもときしもときしもときしもと
きしもときしもときしもときしもときしもときしもときしもときしもときしもときしもときしもときしもと
きしもときしもときしもときしもときしもときしもときしもときしもときしもときしもときしもときしもと
きしもときしもときしもときしもときしもときしもときしもときしもときしもときしもときしもときしもと
きしもときしもときしもときしもときしもときしもときしもときしもときしもときしもときしもときしもと
きしもときしもときしもときしもときしもときしもときしもときしもときしもときしもときしもときしもと
きしもときしもときしもときしもときしもときしもときしもときしもときしもときしもときしもときしもと
きしもときしもときしもときしもときしもときしもときしもときしもときしもときしもときしもときしもと
きしもときしもときしもときしもときしもときしもときしもときしもときしもときしもときしもときしもと
きしもときしもときしもときしもときしもときしもときしもときしもときしもときしもときしもときしもと
きしもときしもときしもときしもときしもときしもときしもときしもときしもときしもときしもときしもと
きしもときしもときしもときしもときしもときしもときしもときしもときしもときしもときしもときしもと
きしもときしもときしもときしもときしもときしもときしもときしもときしもときしもときしもときしもと
きしもときしもときしもときしもときしもときしもときしもときしもときしもときしもときしもときしもと
きしもときしもときしもときしもときしもときしもときしもときしもときしもときしもときしもときしもと
きしもときしもときしもときしもときしもときしもときしもときしもときしもときしもときしもときしもと
きしもときしもときしもときしもときしもときしもときしもときしもときしもときしもときしもときしもと
きしもときしもときしもときしもときしもときしもときしもときしもときしもときしもときしもときしもと

守るためのゼリー質そのものが人間にとって美味しいという、本人にとっては痛恨の誤算になってしまった。栗やジュンサイの無念はいかばかりだろう。いやそれとも防御と見せかけて、本当は誘っているのだろうか。ツンデレなのだろうか。

ゼリーといえば、夜になると自分で分泌したゼリー状の袋にくるまって眠る魚がいて、これも私のツボを直撃する。進化の過程でどんな試行錯誤の末にこの方法にたどり着いたのだろうと考えると、わくわくが止まらない。自分も同じことができたらいいのにと思う。夜、眠くなると口や鼻や耳からゼリーを出して全身をすっぽり覆い、どこでも好きなところに横になる。外で寝ても、寒さや危険から、この素敵な自前の寝袋が身を守ってくれる。ゼリー越しに見る月や街の灯は美しいだろう。

でも私から出たものなら、ゼリーにも勢いあまって私の本質が出てしまうかもしれない。だとしたら真っ黒かもしれない。変なにおいもしそうだ。月なんかたぶん見えない。悪い夢を見そうだ。

海賊の夢

私が机に向かって何かしている。

辞書らしきものを開いて見ている。仕事で調べ物をしているのだ。

感心だ。

だがだまされてはいけない。

私は私のことを監視しているかもしれない何者かの目を欺《あざむ》くために、見かけ上仕事をしているふりをしていることが往々にしてあるのだ。

いったい何を調べているのかと思い手元を覗けば、案の定だ。

私が熱心に見ているのは『最新アメリカ学生スラング辞典』。出版年度は一九九二年。少しも最新ではない。

そもそも最近では紙の辞書を使う翻訳者などほとんどいない。たいていのことは電子辞書やオンラインで事足りる。

要するに私は、この少しも最新でない辞書を、ただ見出しと例文が面白くて眺めているだけなのだ。pirate's dream（海賊の夢）＝胸の平たい女。（例文）「ジュディは海賊の夢なので、二十四にもなってまだ小学生用ブラを着けている」。N．G．B．＝善良《ナイス》・だけど魅力のない人《ガイ・バット》。atomic atmosphere（アトミックな大気）＝直近の放屁によって生じた臭気漂う空間。drive the bus（バスを運転する）＝吐く。（例文）「フランクどこ行った？」「飲みすぎて便所でバスを運転してる」。Mary Jane＝マリファナ。jack＝無。（例文）「今日なにしてた？」「ジャックだよ」。Melvin＝誰かの下着を後ろから思い切り上に引っぱって股に食い込ませること。Einstein（アインシュタイン）＝陰毛。dunt＝性別が逆に見える人。（例文）カレンが更衣室に入ってきたのでみんな悲鳴を上げた。ほんと彼女ってダント。shine（輝く）＝サボる。（例文）きのうは大事なデートがあったから授業を輝いちゃった。chum the fish（魚に撒き餌をやる）＝吐く。worship the porcelain goddess（陶器の女神を崇拝する）＝吐く。

調子づいた私は、さらに『スーパートリビア事典』にまで手を延ばす。一九八八年刊。その名の通り、アメリカの大衆文化にまつわる、知っていても知らなくてもべつに困らない知識についてこと細かに解説した、千ページを超える大事典だ。

Yehoodi（イェフーディ）。ティッシュの箱の中に住んでいて、一枚取ると次の一枚を押し上げてくれる小人の名前。Mafia（マフィア）。映画『ゴッドファーザー』で一度も使

われなかった言葉。語源はフランスの圧政に苦しんだシチリア島民のイタリア語の叫び〝Morte Alla Francia Italia Anela（フランス人の死はイタリアの叫び）〟の頭文字を取ったという説がある。0001 North cemetery Ridge（北墓場が丘〇〇〇一番地）。『アダムス・ファミリー』一家の住所。Godzilla（ゴジラ）。放射能をもつ、炎を吐く一六四フィートの大ティラノサウルス。日本の東宝の演劇部課長のあだ名「グジラ」（クジラ＋ゴリラ）がネーミングの由来。

まだまだこの後には『しぐさの英語表現辞典』も『漫画で楽しむ英語擬音語辞典』も『小学生の遊びと言葉の辞典』も控えている。敵の目を欺く対策は万全だ。

ところで以前、Yehoodi のことを友人に話したら、その人がいたく気に入って、その名を冠した文学同人誌を作った。私の発音が悪かったために、タイトルが『エフーディ』になってしまったことについて、この場を借りて謝罪したい。

サークルK

私は私にはない美点をもつ他人にあこがれる。そして世の中は私にはない美点をもつ人であふれているので、毎日あこがれが止まらない。

たとえば「一次会で帰れる」は私には決してない美点だ。あこがれる。「地図を描くのが上手」にもあこがれる。私は駅を起点に描くと目的地が紙の外に出る。「ツイッターをやらない」「くしゃみが上品」「かばんが小さい」「ゴキブリを恐れない」「チケットの予約が得意」「頭皮に汗をかかない」。どれも激しくあこがれる。

けれども私にとってあこがれ中のあこがれ、私に著しく欠けている美点中の美点は「無条件に人に好かれる」だ。

たとえば地図だったら特訓を重ね、国土地理院に就職するなどすれば、三十年後ぐらいには紙からはみ出さずに描けるようになる日が来るかもしれない。けれども人に好かれる性質、これればかりはどうにもならない。二十回ぐらい死んで生まれ変わっても、私には手の届かない美点だ。

私は多くの無条件に人に好かれる性質をもった人を見てきた。そういう人は、友だちや知り合いから好かれるだけでなく、見ず知らずの人にも好かれる。出会い頭で好かれる。たとえば飲食店などでそれは顕著だ。そういう人は黙っていてもいい席に通される。お店の人がにこにこして一品サービスしてくれる。一度も笑顔を見たことのなかった居酒屋の店主が相好を崩して「僕、この人好きだなあ」と言うのを見たこともある。

私は逆だ。出会い頭に嫌われる。どんなに愛想良く腰低くしたつもりでも嫌われる。嫌われまいとするその態度が嫌われる。飲食店でそれは顕著だ。人を見る目がある職業だから考えれば当然だ。その目の確かさにあこがれる。

こんな私でも付き合ってくれる優しい人々がいる。でもそういう人たちにも、私はいつか失礼なことを言ったりやったりして、やっぱり嫌われる。悪意はない。ないから自覚もない。高校のときからの友だちに絶交されて、一年後に「許します」と手紙をもらったことがある。でも私は絶交されていたことに気づいてすらいなかった。ふつうに話をしていて、途中から相手が苦笑いしかしなくなったこともある。何がいけなかったのか、いまだに謎だ。

たまに、反応のあった地点を特定し、前後の記憶を繰り返し巻き戻し再生し、粗《あら》い画像と音声にデジタル処理を施して、原因の特定に成功することもある。あるとき、それは相

手の話の最中に指のささくれを剝《む》いたことだった。べつのときは頭髪の寂しい人の前で毛の話をしてしまったことだった。「ヤバい」と言った瞬間相手の顔がこわばったこともある。乱れた日本語を憎む人だったとあとで知った。二度と食事会に呼ばれなくなった。

犬が吠えると電流が流れてやがて吠えなくなる、あんな機械があればいいのにと思う。あるいは私が何かヤバいことを言いそうになるのを、脳波を測定して事前に予知する装置。言ってしまったあとでその前後の記憶を相手の脳から消去するマシンでもいい。光学迷彩や3Dプリンタも実現したのだ。それくらいできたっていいだろう。

テクノロジーの進歩を待つあいだのつなぎに、小さなノートを一冊買った。嫌われた瞬間とその推察される原因を逐一メモしておくためのものだ。習慣化すれば、学習効果で三十年後には嫌われない自分になれるかもしれない。表紙にはマジックでKと書いて丸で囲んだ。嫌われないのK、悲しいのK、ついでに私のイニシャルのK。

いいニュースと悪いニュースがある。いいニュースは、まだそのノートに何も書かれていないこと。悪いニュースは、買ってからまだ誰とも会っていないことだ。

分岐

このあいだ海外ニュースで、こんな記事を読んだ。

Aさんと B さんが、海底洞窟の探索をした。

その洞窟は奥に行くにしたがって複雑に枝分かれしており、二人は正確な地図を作るために、もう何年にもわたってダイブしては計測を重ねていた。

迷子にならないように入口にロープを固定し、それを繰り出しながら進む。帰りはそのロープをたぐってまた入口に戻る。そうやって今までに何十回と調査をしてきた。

だがその日はアクシデントがあった。洞窟の分岐をうんと深いところまで探索している時、ロープが切れてしまった。さらに切れたロープが海底に落ちて泥が舞い上がり、視界がゼロになった。

二人は何とか天井がドーム状になっていて空気が少しある場所を見つけ、そこで泥が落ちつくのを待った。帰りの酸素は一人ぶんしかなかった。相談の末、Aがドームに残り、Bがどうにかして入口、というかこちらから見れば出口までたどり着いて地上に助けを呼びにいくことにした。

Aは待った。やがてライトの電池が切れ、暗闇の中でひたすら待った。けっきょくまる二日、暗闇の中で待っていた。だんだん酸素がなくなって、意識が朦朧《もうろう》とし、死を覚悟したころ、助けがやってきた。Bが出口を見つけ出し、救助の人たちがドームを探し当てたのだ。めでたしめでたし。

私は震えあがった。あまりに怖いポイントが多すぎて、何から怖がればいいのかわからなかった。

そもそも海底洞窟に行くというだけで怖い。ただの洞窟でさえ暗くて狭くて深くて魔物が棲《す》んでいそうで怖いのに、それが息のできない水の中なのだ。もしも途中で酸素がなくなったり迷子になったり明かりが消えたりしたらどうするのか。考えただけで恐ろしい。そして言わんこっちゃない、その最悪の事態が全部起こってしまった。もうだめだ。

考える。私だったらAとB、どちらの立場を選ぶだろう。Bだと、出口までたどり着く前に酸素が尽きてしまうのが恐ろしい。それに私は極度の方向音痴だ。だがAはもっと恐ろしい。酸素はBより長くもつかもしれないが、暗闇でただじっと待っていなければならない。何より恐ろしいのは、助けが来るか来ないかわからないという点だ。私のようにメンタルが蚊並みに弱い人間は三分で発狂だ。やっぱりBでお願いします。

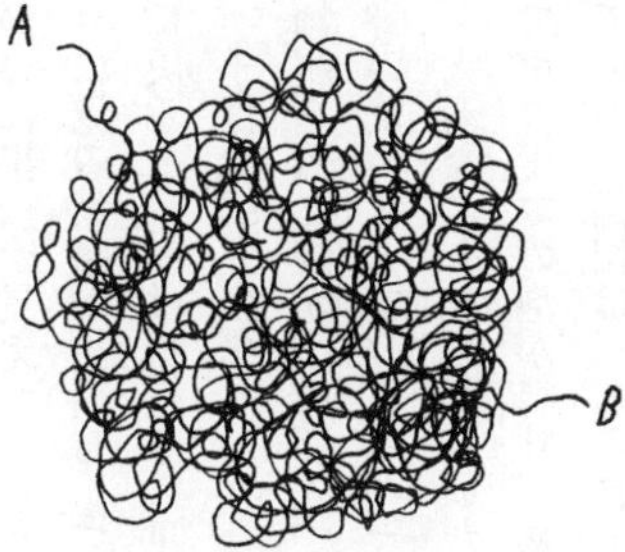
A
B

必ず戻ってくるからなとAに言い残して、私は暗い洞窟の中を引き返した。しばらくすると、行く手に分岐が現れた。右か左か。わからない。ふと下を見ると、左の地面にロープのこすれた跡がある。これをたどっていけばいいのか。泥を巻き上げないよう用心しながら、あとは夢中で足を動かした。何度かは間違えて引き返した。ライトの電池が切れ、酸素も尽きかけたころ、ついに出口が見えた。無我夢中で海面を目指し、船に這い上がった。生きている。久しぶりに見る太陽がまぶしくて、私は泣いた。それから倒れこんで気絶するように眠った。陸に戻ると、私は探検から足を洗い、ダイビング道具もすべて売り払った。就職し、結婚し、子供も二人生まれた。上の子が小学校に上がってガールスカウトに入った。可愛らしい制服を着た娘が、入団式でもらった道具一式を私に見せにきた。ガールスカウトの心得を書いたハンドブック。キャンプ歌集。手旗信号。三角巾。ロープ。

私はがばと立ち上がる。大変なことを忘れていた。心臓が激しく鳴り、額を汗が伝う。ひどく息が苦しい。耳元でボコボコの泡が鳴り、あたりが急に暗くなる。気づくとまだ洞窟の中を手さぐりで泳いでいる。出口は、どこにも見えない。

私は覚えていない

どうも自分はもう一人いるんじゃないかと思うことがある。こうして頭で物を考えている自分と、現実世界でいろいろなことを実行している自分は別の人間なのではないか。誰かから「昔あなた○○したよねー」と言われる、その○○の部分にまるで覚えがないときなどに、その疑念は強まる。

たとえば「他人のはいていた靴下を気に入って、その場で強奪した」というのがそうだ。全然覚えていない。靴下はたしかに家にあるが、私の記憶では、その人が同じものを買ってプレゼントしてくれたはずだ。「通りすがりに侮蔑的なことを言った見知らぬ人をテニスのラケットで殴った」というのもある。だが気弱で小心なことにかけて海底のチンアナゴにも劣らぬ私がそんなことをするはずがない。総じて他人の記憶の中の私はなぜか粗暴で極悪だ。やはりもう一人私がいるとしか思えない。

何年かに一度、そういう疑惑が極限まで高まると、ノートを買ってきて日記をつけるという行動に出る。将来また誰かに○○を言われた時に、それが濡れ衣であると証明するためだ。だがけっきょく習慣は長続きせず、ノートは部屋の混沌に飲まれて行方不明になり、数年後にひょっこり発掘されたりする。

先日もそんなふうにして一冊見つかった。二〇一×年八月から九月にかけてのものだ。読んでみると、びっくりするほど記憶にないことばかりが書いてある。あまりに身に覚えがなさすぎて、赤の他人の日記として読むことができる。

アメリカの、もう死んでしまった作家で、自分の生涯をすべて「ぼくは覚えている」で始まる何百もの箇条書きで語った人がいる。それにならえば、私も「私は覚えていない」の箇条書きで、すくなくとも二〇一×年八月から九月における自分の人生を言い表せるのかもしれない。

私は覚えていない、もらったキノコ柄のTシャツを着てキノコ柄の手ぬぐいを首に巻いて一日過ごしたことを。

私は覚えていない、「ドリンク券」を「ドングリ券」に空目《そらめ》して一瞬心が躍ったことを。

私は覚えていない、「クマゼミってなんて鳴くのかな」「〝クマーッ〟じゃない?」という会話があったことを。

私は覚えていない、明け方の夢に「僕姉（ぼくきのこ）カズヱ」という名前の人物が出てきたことを。

私は

いない

私は覚えていない、ある晩食べた静岡おでんがめっぽう美味しかったことを。

私は覚えていない、誰かが「それはそうと」と言うたびに小声で「クレオソート」とつぶやく小人が頭の中に住んでいるのに気づいたことを。

私は覚えていない、電車の中で女の人が手に持っていた黄色いハンカチが、よく見たらバナナの皮だったことを。

私は覚えていない、土踏まずの横っちょを蚊に刺されて痒くて何も手につかない一日があったことを。

私は覚えていない、味噌汁のお椀がテーブルの上ですーっと動く現象を最近見なくなったのを寂しく思ったことを。

私は覚えていない、シャクトリムシの別名が「ドビンワリ」であるという知識を得たことを。

私は覚えていない、「ゆずすこ」という調味料をもらったお礼にカイガラムシに効く殺虫剤をあげたことを。

私は覚えていない、生きていても大して楽しくないやと思いながら新宿駅を歩いていたら、向こうから「地底人」と書かれたTシャツを着た人が歩いてきたことを。

私は覚えていない、あまりに風が強いので夜中に一人で爆笑したことを。

裏

　数年前の一時期、ツイッターのアカウントを二つ持っていた。通常の自分のアカウントの他に別名義でこっそり作る裏アカウント、いわゆる裏垢《うらあか》だ。

　裏垢で、人はいろいろなことをする。仕事とプライベートの顔を使い分けたり。人には言えないニッチな趣味を語ったり。自分で自分のツイートに「いいね」をつけたり。秘密のおたく活動をしたり。

　私が私の裏垢でしたのは、悪態だった。

　当時の私はやさぐれていた。世界に対する黒い呪詛が腹の中に溜まって、口からあふれ出る寸前だった。口を押さえれば、鼻や耳や目から漏れそうだった。

　だから口で言うかわりにツイッターで匿名で言うことにした。電子版「王様の耳はロバの耳」だ。

　作った裏垢は、自分とフォローを許可した人以外は閲覧できない「鍵付き」アカウント、しかもフォロー数ゼロ・フォロワー数ゼロという完全密室。そこで私は腹に溜まった真っ黒な呪詛を吐いて吐いて吐きまくった。

特大の頑丈な臼《うす》に、思いつくかぎりのむかつく人モノ組織出来事現象その他その他を投げ入れ、それを勇壮な掛け声とともに渾身の気合で搗《つ》く。そいや。そいや。そいや。搗く時間は素材と私のむかつきの度合いにより適宜変化する。

そのようにして私は夜ごと完全密室で杵《きね》をふるい、大小さまざまな血の餅の山を築いた。それがいつどのようにして終わったのか、記憶は定かでない。体内の毒を吐ききってデトックスが済んだからなのか。気づくともうその裏垢には行かなくなっていた。

そのうちにそこに入るためのパスワードを忘れ、ハンドルネームも忘れ、とうとうアクセスの術《すべ》は完全に失われた。しまいにはその裏垢の存在すら忘れてしまっていた、ついこのあいだ、飲み会の席でたまたま人に話すまでは。

すると一人が目を輝かせて言った。え、それってまるきり現代アートじゃない。

たしかに。誰にも、それを発した本人にすら見られることなく自己完結した呪詛は、言ってみれば純粋呪詛、観念としての呪詛だ。そして私が裏垢の存在を忘れることによって、それはアートとして完結したことになる。

ときどき、ネット空間のどこかに今も存在しているはずのあの裏垢のことを考える。誰にも聞かれることなく小部屋にいつまでも反響しつづける自分の言葉は、さぞや孤独だろ

KISHIMOTO

うなと思う。

もしも何らかのアクシデントにより、それが電気信号となって宇宙に向けて発信されてしまったらどうなるんだろう。

もしも何百光年かかけて宇宙空間を旅した私の悪態が、たまたま近くを通りかかった高度な知的生命体によって受信され、解読されてしまったら。

そして地球人がものすごく凶暴で危険な種族であるとみなされ、宇宙の平和のために駆除したほうがいいという話になったら。

そうなったらもう本当に死んでお詫びをするしかないが、たぶん私はもうとっくに死んでいるし、もしかしたら人類も滅亡しているかもしれない。

「可愛い」のこと

ときどき近所で見かけるお爺さんがいる。

小柄で、猫背で、ものすごく痩せていて、顔の縦じわが深く、枯れ枝みたいなお爺さんだ。いや本当はそれほど高齢ではないのかもしれない。「お爺さん」と「おじさん」の中間ぐらいなのかもしれない。

ともかくも、その人の姿を見かけるたびに胸の奥で動く気持ちが「可愛い」であることに、つい最近気がついた。

私は困惑した。

ｋａｗａｉｉがオクスフォード辞書にそのまま載るくらい、日頃から「可愛い」をよく口にする日本人の平均からしたら、私が「可愛い」と思ったり言ったりする回数はたぶん一割にも満たないだろう。それくらい、私はめったに可愛いと思わないし言わないのだ。

しかも、そのお爺さんを見る時に感じる「可愛い」をもっとよく調べてみると、それが正確には「虫みたいで可愛い」であることに気づいた。

困惑は深まった。

私は虫を特に可愛いと思わない、どころか好きですらなく、どちらかというとかなり嫌いに近いからだ。もちろんその嫌いの九割ぐらいはかのGで始まる黒光りの昆虫に由来するものだが、Gを恐れるあまり、虫全般に苦手感が広がってしまっている。

という話をあるとき人にしたら、甘い、と言下に言われた。世の中にはGなんぞよりもっと恐ろしい虫がたくさんいる。たとえば「ウデムシ」などがそうだが、これは決して決して画像検索してはいけない、とその人は念押しした。

私は画像検索した。ものすごく後悔した。

さらにそこにリンクが張ってあった「ペルビアンジャイアントオオムカデ」もクリックしてしまった。死ぬほど後悔した。

みんなもウデムシとペルビアンジャイアントオオムカデだけは決して決して画像検索しないでほしい。

お爺さんの虫っぽさはそんなのではない、たとえばカマキリとかトンボの類だ。だがカマキリもトンボも少しも好きではないのに、どうしてお爺さんと合わさると可愛いになるのか、そこがわからない。

家の近所に小さな交番がある。とても小さな交番で、お巡りさんは常駐していない。四

kawaii

対一の割合でいないことのほうが多い。前を通るたびに、あ、今日もいないな、と思う。たまにいる時もあって、狭い戸口いっぱいに立っている。すると「あ、今日は入ってる」と思う。

この時も、お爺さんに感じるのと同じ「可愛い」が発動する。どんなお巡りさんかは関係ない。入っていると可愛いし、入っていなくても、やっぱり可愛い。

あるいは、職場などで共用の棚や冷蔵庫にしまってあるお菓子などの食べ物が、いつの間にかちょっと減っている。

こういう時も、心の同じ部位がキュンとなって「可愛い」が発生する。

自分のこの気持ちは何なのだろう。何となく、鳥や虫の生態を観察している気持ちに似ているような気もする。巣箱や虫かごを覗きこんで、「あ、食べてる食べてる」とほくそ笑むような感じ、だろうか。もしかしたら、自分は巨人サイズになって小さな生物を観察しているような感じなのだろうか。

この「可愛い」は、どこかで「ぺしゃんこに踏みつぶしたい」という気持ちとつながっているような気もして、怖くなっていつも途中で考えるのをやめてしまう。

お婆さんのパン

何年も前、駅前のスーパーで買い物をしてレジを済ませ、台のところで袋詰め作業をしていたら、すぐ横に小さなお婆さんが店員を伴ってやってきて、しきりに何かを訴えている。どうやらこの台に○○屋のパンの袋を置き忘れてしまったのだが、見なかったかと訊ねているようだった。店員は首を振っていた。

私は袋詰めを終えて店を出て歩きはじめた。すると後ろから小走りに足音が近づいてきて、「あの」と呼び止められた。さっきのお婆さんだった。お婆さんは私がスーパーの袋といっしょに持っていたパンの袋を指さし「それ……」と言った。

たしかに私のも○○屋のパンだったが、これはさっき自分で買ったものだ。「いえ、これは私のです」と言ったが、置き引き犯だと思われたのが癪《しゃく》で、少し声が尖ってしまった。

お婆さんがまだ何か言いたそうにもじもじしているので、レシート、見ますか？　と言おうとしたら、お婆さんは無言でくるりと背を向け、行ってしまった。商店街を夕焼けの方角に向かって、とぼとぼと去っていった。

もう七年くらい前のできごとだ。とっくに忘れていてもいい頃だし忘れたいのに、そのシーンは頭の中で何度も何度も何度も再生されてしまう。「あの」と呼び止められる、「私のです」と尖った声で言う、傷ついたような表情、とぼとぼ去っていく後ろ姿、夕焼け。不思議と、あの頃はろくに見ていなかったはずの細部、たとえばお婆さんの服や、靴下や、サンダルや、そのとき商店街に流れていた音楽や、夕焼けの雲の形や、そんなものが時とともにますますはっきりしてくる。でもお婆さんの顔だけが見えない。いつもとぼとぼ歩いていく後ろ姿だ。

そして思い出すたび、お婆さんの姿は少しずつ小さくなっていった。さいしょ私の肩ぐらいの高さだったのが、胸の高さになり、腰の高さになり、膝までになり、しまいには手のひらに乗るぐらいの大きさになって、商店街をそこだけおかしな縮尺で、でもなぜか歩く速度は同じまま、遠ざかっていく。

あまり何度も思い出すものだから、ついに小さなお婆さんは私の中に常駐するようになった。ずっと返事を書こう書こうと思いながらそのままになってしまっている誰かからの手紙が目に入ったとき。むかし迷惑をかけてしまった人の名前をSNSで見かけたとき。棚の奥に放置したまま賞味期限を過ぎた食べ物を捨てるとき。そんなふうに良心が小さくうずくたび、頭の中の商店街を、手のひらサイズになったお婆さんが夕暮れに向かって歩

obâsan no
Pan

きだす。

このあいだ、お婆さんはついに実体化した。電話で締切りが間に合わないことに苦しい言い訳をしていたら、五センチくらいのお婆さんが私の口からぼろりとこぼれ、仕事机の上をとことこ歩いていき、辞書の向こうに消えた。

その数日後、喫茶店で打ち合わせの最中、なんだか腋がくすぐったいと思ったら、お婆さんが服をかき分けてもそもそ出てきて膝の上からテーブルに上がり、砂糖壺を回りこんで相手のコーヒーカップの皿によじのぼりはじめた。汗が出た。

どうしたら小さいお婆さんは出てこなくなるだろう。どうしたら立ち退いてくれるだろう。もう一度会って、あのときはあんな言い方してすみませんと謝れば許してくれるだろうか。あれから何度も駅前のスーパーやパン屋に行って探すが、もう二度と姿を見かけない。

などと考えている私の机の上を、今もまたお婆さんはとことこ歩いていく。立ち止まり、一瞬振り返ると見せかけて、お尻を片手でぺんぺんと叩き、行ってしまった。

落ち葉掃き

実家の庭にモミジの木が一本ある。家が建ったときから植わっている木で、もう四十年以上そこにある。

モミジという触れ込みだったのに、最初の二十年くらいはまったく紅葉しなかった。私たちは秋になるたびにその木を見て「期待はずれだな」「モミジじゃないんじゃないか」「もっと花の咲く木とかにすればよかった」などと言い合った。

そのモミジが、ある年を境にとつぜん紅葉しはじめた。ある時期いっせいに真っ赤に色づく。怖いくらいの、燃えるような赤だ。そしてまたいっせいに葉を落とす。狭い庭が血の海になったあと、枯れ葉の海になる。

この枯れ葉を掃き集めるのに毎年ひどく骨が折れる。分厚く積もって掃いても掃いてもなくならないうえに、最後のほうになると熊手が芝生にからんで難儀する。

モミジは怒っているのだ。さんざん期待はずれ呼ばわりされつづけたことに。

そして今、老いた親のかわりにその枯れ葉を撤去するのは私の役目だ。誰よりもその木を悪く言った罰が、いまこうして当たっている。

分厚く積もった枯れ葉を熊手で掃く。ひたすら掃く。山ができたら、それを熊手とちりとりではさんでゴミ袋に入れる。嵩《かさ》があるので、足でぎゅうぎゅう踏んで圧縮する。汗だくになって振り返る。さっき掃いたはずのところがまた枯れ葉で埋まっている。なんかギリシャ神話にこういうのがあった気がする。

気をつけて熊手で掃く向きをときどき変えないと腰が痛くなる。毎年、痛くなったころに思い出すが後の祭だ。腰をさすりながら熊手の手を休めて、ああ、あれさえあれば、と思う。よく通販で見る、筒の先から風を勢いよく噴射して落ち葉を一挙に吹き飛ばす、あの掃除機を逆にしたみたいなやつ。

そう考えていて、あのコンセントのことを思い出した。

玄関から横にまわりこんだ家の外壁に、地面から十五センチほどの高さに設置されたコンセント。雨よけの意味だろう、灰色のプラスチックの覆いが上から屋根のようにかぶさって、一度も使われないまま数十年ぶんの土埃をかぶっている。

ずっとそこにそんなものがある意味がわからなかったが、今やっとわかった。あの逆噴射装置のためにあったのだ。

私は熊手を持ったままコンセントのところまで行き、敬意をこめて覆いの上の土埃をぬ

ON

OFF

ぐった。そして生まれてはじめて、その下を覗きこんでみた。

コンセントではなかった。スイッチだった。

部屋の電気のスイッチをひとまわり大きくしたような形状で、〈ON〉〈OFF〉と書いてある。今は〈ON〉だ。

私は混乱した。何をオンオフするというのか。家じゅうの電気？　いやでもそれなら家の中にブレーカーがある。

数歩下がって、引きで眺めた。家か？　家全体をオンオフするのか？

たとえばこれをオフにするとどうなるのだろう。家の中のすべての動きが停止するとか。ビデオの一時停止みたいに、この家の中でだけ人もモノも何もかも静止する。誰かがふたたびスイッチをオンにするまで。

あるいはこの家そのものが消去される。ホログラムみたいにシュッと消えて、元の更地に戻る。それか中の人物だけが消去され、次のオンで別の人物が暮らしはじめる。いわばリセットボタン。

私は熊手を握りしめたまま、長いことスイッチの前に立っていた。

それから熊手を置き、もう使われなくなった牛乳配達の箱を持ってきて壁の前に置き、スイッチを自分の目から隠した。

茶色

アボカドを買った。わさび醤油で食べた。おいしかった。

アボカドを食べたあとは、どうしてもあれをやるかどうかの決断を迫られる。種に爪楊枝をさして水に漬けて発芽させる、あれだ。

できることならやりたくなかった。今までに五回試したが、成功したためしはないのだ。だが結局やった。種から発散される「爪楊枝を刺せ」という無言の圧に負けたのだ。

過去〇勝五敗の苦い経験を私なりに活かした。種の上下をちゃんと確かめた。直射日光を避けた。毎日水も替えた。すぐに芽が出なくてもあきらめずに辛抱強く待った。

だが一か月待っても芽は出ず、ただ外側の薄皮がだんだん剝がれ、全体がずず黒くなっただけだった。六敗め。

こうなるたびにいつも思い出すのは、親戚のとある小父さんだ。その人の家の庭にはアボカドの大木があって、さわさわと緑の葉を繁らせている。「いやー、適当に種を埋めといたらこんなになっちゃってさ」と小父さんは言う。

アボカドだけではない。小父さんの居間には天井に届かんばかりに育って大ぶりの葉をつけたウンベラータもある。うちから挿《さ》し木で分けたものだ。いっぽう私のウンベラータは葉がすべて落ちて棒みたいになっている。

「緑の指」というのがもし本当にあるなら、それは小父さんのような人のことだ。そしてもし「茶色の指」があるなら、それはまちがいなく私だ。

私が植えるとゼラニウムはなぜか茎がぶよぶよになり、葉がなくなる。そして枯れる。

キンレンカはどんなに手入れしてもだんだん葉が黄色くなり、最終的に枯れる。

クレマチスは年々花が小さくなる。枯れる。

朝顔は最初ぐんぐん蔓《つる》が伸びるが、途中で先端がぼきっと折れる。二度と伸びない。

今年も私の茶色の指は火を噴いた。

植えたはずのスイセンの球根は、なぜか芽が出なかった。

チューリップは葉が出たあと、茎が伸びずにいきなり花が咲き、首が肩にめり込んだような姿になった。

ハンギング・バスケットに仕立てたロベリア十二株は、ぐんぐん枯れて茶色い滝のようになった。

一株でこんもりと鉢からあふれるように咲くはずのサフィニアは、上の部分に花がつか

ず頭頂ハゲになった。

パクチー。一度収穫したあとひょろひょろと茎が伸びて先端に花が咲き、葉が糸状になるというトランスフォームを遂げたあと、枯れた。

ダチュラ。予告なしに枯れた。

タイツリソウ。いつの間にか消えた。

一つ枯らすたびに心はニヒルになり、それでも園芸店に行くのをやめられない。負け戦に向かっていく苦み走った顔で、また一つ苗を買う。『ターミネーター』のラストシーンで、「嵐が来るよ！」とメキシコ人の少年に言われ、目を細めて「わかっているわ」とつぶやくリンダ・ハミルトンの顔だ。

神様が茶色の指を憐れむのか、ときどき不思議なことが起こる。

消滅したタイツリソウの鉢に、植えた覚えのないシソがいつの間にか生えていた。何の世話もしないのに青々と繁っている。

枯れたダチュラの鉢にはイチゴらしきものが自然に生えた。半信半疑で見守るうちに、真っ赤な実が十個ほどなった。

ためしに食べてみた。店で売っているのよりずいぶん小さくていびつな、でも正真正銘のイチゴだった。苦み走ったリンダ・ハミルトンの口が、酸っぱさにひゅっとすぼまった。

ひぎる

朝、メールをチェックしたら、タイトルのないメッセージが届いていた。差出人は自分。本文は三行。

へそべる
ねもい
ひぎる

何のことだかわからない。送った記憶もない。時間を見ると深夜、ちょうど飲み会の最中だ。

たまに、人と話をしていて知らない言葉や面白い言葉に出会ったりすると、メモがわりに自分あてにメールをしておくことがある。今回もそれだろう。

それにしても意味がわからない。

きのういっしょに飲んだ人に聞けばいいのではないかと思いつくが、やめにする。みんなも私と同じかそれ以上に酔っぱらっていたし、何かものすごく失礼だったり恥ずかししかったりするようなことを言ったりやったりしたような気がして、恐ろしいからだ。飲み会の翌日は必ずそういう気持ちになる。

ためしに三つを辞書で引いてみる。『新明解国語辞典』。どれも記載なし。『大辞林』。やっぱりない。

ということは新語か、造語か。そもそもこれは果たして日本語なのか。それでもじっと見ているうちに、何となく意味があるような気がしてくる。

へそべる。動詞だろうか。へそプラス寝そべる、みたいな。ということは、へその上に寝そべる、つまりうつ伏せに寝そべる、ということかもしれない。

【例文】洋子は絨毯《じゅうたん》の上に力なくへそべった。

へそがへこむほど空腹になる、ということも考えられる。

【例文】洋子はふいに強烈なへそべりを感じ、道端にしゃがみこんだ。

ねもい。まぶたが異常に重く、もう睡眠待ったなしの状態。

【例文】「だめ、あたしねもい」洋子は言い終わらないうちにもう寝息を立てていた。

あるいは『海底二万里』のネモ船長と関係した形容詞。

【例文】洋子が心惹かれたのは、彼のそんなネモい一面だった。

ひぎる。あまりの勢いに真ん中の「き」と「ち」がなくなるほどの裂帛《れっぱく》の気合とともに

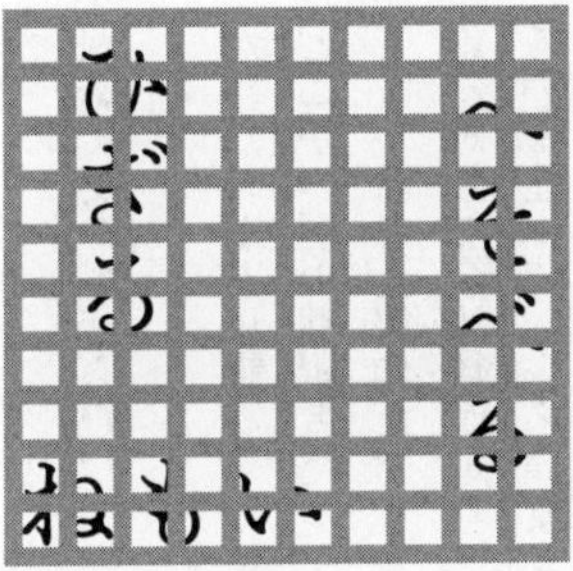

何かを引きちぎる。

【例文】「こんなもの、こうしてやる！」洋子はそう叫び、首輪型の自動起爆装置をひぎった。

【例文】洋子は手にしたゲソを豪快に歯でひぎると、「さあ私をつかまえてごらんなさい」と言って走り出した。

【例文】洋子が覚悟を決めて男の顔からひょっとこの面をひぎると、その下から現れたのは

どれも逆に今までなかったのが不思議なくらい使える言葉のような気がしてきた。もし私が日本語を翻訳するどこかの国の翻訳者だったら、きっとさんざん辞書を引いて懊悩《おうのう》したあげく、何となくあてずっぽで正解にたどり着くことだろう。

そもそも、言葉は現象に対して全然数が足りていない。たとえばニュースの最後でアナウンサーが株価を告げている途中で「……いま変わりまして○○円」と言ったときの、あのプロフェッショナルな臨場感に対するほのかなあこがれの気持ちを表す言葉とか。生卵の「からざ」を見たときに胸のうちにわき上がるもやもやとした気分を表す言葉とか。脛《すね》のどこかが痒いのだけれど、どこが痒いのかわからなくて全体を掻きむしるけどやっぱり痒い、あの感覚を言い表す言葉とか。

早くそういう言葉ができないだろうか。洋子はすでにウォーミングアップを開始している。

センター

歯医者に来ている。

椅子に座って背もたれを倒されると、目の上にタオルをかぶせられる。たぶん器具とかが見えてしまうと怖いし、お互いに目が合うとやりづらいからだろう。

だが見えないとよけいに気になる。何かをカチャカチャ並べる音。シュッという空気音。なぜかあわただしく部屋の外に出ていく足音。それきり何の気配もしない。

ここが悪の組織の地下室で、これから生体実験されるのだと想像してみる。とたんに怖い。並べていた、あれはたぶんペンチとかノコギリとかだ。寝かせられているのはリクライニングの椅子ではなくステンレスの台。周囲はコンクリート剝《む》き出しの壁。頭上にはギラギラの無影灯。耳を澄ますと、べつの部屋からくぐもった絶叫が聞こえてくる気がする。

治療が始まった。ガリガリなにかを引っかいている。これはあれだな、先が湾曲した鎌みたいなやつ。これはそんなに痛くない。

タオルで見えないのをいいことに、目の形を面白くしてみる。「にわかせんぺい」の三日月形の目。びっくり仰天の目。座頭市の白目。

しかし考えたら向こうだって何をしているか知れたものではない。鼻をほじっていたり。ものすごい変顔をしていたり。全裸だったり。

「一度ゆすいでください」

タオルがはずされる。壁はコンクリート剝き出しではなくパステル調癒《いや》し系インテリアだ。相手は服を着ているし、変顔もしていない。

口をゆすぐとまたタオルをかぶせられ、椅子がウィーンと持ち上がる。

今度は口の端にゴボゴボいう排水管みたいなものが引っかけられる。嫌な予感がする。これはあれじゃないか。キコキコ嫌な音のするやつ。

と思ったら案の定、先のうんと細い、超音波で歯石を取る機械だ。先から勢いよく水が出るのだが、これが冷たくてしみて痛い。

痛みに耐えていると、ふと「世界中の歯は一つにつながっている」という天啓が降りてくる。地上のすべての人々の歯が地下茎のようなもので連結されていて、どこかの誰かの歯の痛みは信号となってすべての歯に共有される。あるいは地球のどこかに「歯センター」的なものがあって、この世のすべての歯の痛みはそこに集約されている。

歯センター。それはいったいどこにあるのか。何となく地中奥深くにあるような気がする。あるいは広大な砂漠のど真ん中。無数のモニターで世界中の虫歯や治療や歯石や抜歯の状況を監視する、そこはいわば歯の統括本部。すべての歯の痛みや違和感や異変は、そこで観測され計量され記録される。

センターの敷地の一角には、抜かれたり折れたり割れたりした無数の歯を鎮魂する「歯塚」がある。その下に眠る何億何千億という歯たちの無念と祈りから生まれたのが「歯マン」だ。筋骨隆々の肉体に頭部は歯。純白のマントをはおり、胸には輝く歯のマーク。歯マンは日夜地上の歯の幸せのために飛び回る。西に虫歯になりかかっている歯があれば、行って虫歯菌と闘う。東に削られて悲鳴をあげている歯があれば、行って痛みを和らげる。

彼を呼ぶには、たった一言「助けて、歯マン！」と叫べばいい。叫びたい。だがこんなふうに口をこじ開けられてキコキコの機械を突っ込まれていては叫べない。いったいどうすれば。

「はい、終わりました。ゆすいでください」

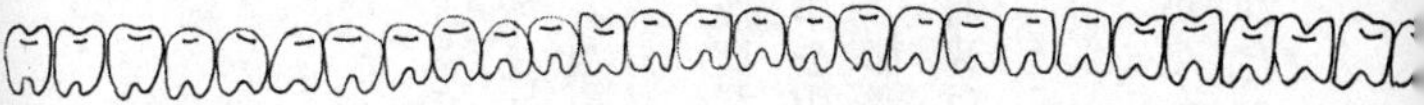

友

台所にクミンというスパイスの小瓶があって、年に一度ぐらいしか使わないのだが、使うたびに「腋臭《わきが》のにおいだなあ」と思う。

たまにそのことを確かめるためだけに蓋をあけてみる。くんかくんか。うん。やっぱり腋臭のにおい。

だがこれはいったい誰の腋臭だろう。たぶんトルコあたりの純朴な少年だ。名前はアリ、十六歳。父親を手伝って、羊や山羊の世話をしている。たまに山から下りてきて、市場で山羊やチーズや羊毛を売る。都会は人が多くて埃っぽくて騒がしくて、アリはいつもまぶしそうに目を細めている。将来は父親の跡をついで羊飼いになるんだろうけれど、ちょっと都会の生活にも憧れる。でもこっぴどく叱られるのがわかっているので、怖くてとてもそんなこと言いだせない。

クミンの蓋をあけてくんかくんか嗅ぐたびに、私はアリの不安や希望や純朴もいっしょに嗅ぐ。あ、今日は羊が売れたんだな、と思う。なにか悲しいことがあったのかな、と心配になる。アリは私の心の友だ。

家の窓から、少し先の小規模な竹やぶが見える。古びた竹が数本かたまって立ち、ひょろひょろと丈ばかり高い。向かっていちばん右の一本だけ形がいびつで、真ん中あたりからさらに右に曲がって伸び、その先に葉がこんもりとかたまってついている。昼間見ると、その葉のかたまりが枝に差し伸べられて、空にぽつねんと浮かんでいるように見える。風のある日はそれが上下にゆわんゆわん揺れ、風のない日は葉先だけが静かにそよいでいる。

なんだか人の形に似ているなあ。毎日そう思って見ているうちに、かたまりはジェイクになった。ジェイクはビール腹の気のいいウェールズ人。小学校の理科の先生を今はもうリタイアして、パブでサッカーの試合を観るのが日課だ。よく見ると片手にビールジョッキを持っているのまで見えてくる。ジェイクが風に盛大に揺れているのを見るたびに、あ贔屓《ひいき》のチームが勝ったんだな、と私も嬉しくなる。雨に打たれて悄然《しょうぜん》としていると、明日があるさと慰める。夕日をバックにシルエットになっているのを見れば、孤独なのはお互いさまだね、と心の中で声をかける。ジェイクも私の友だちだ。

寝室の洋服だんすの下から二番めの引き出しに節目が浮き出ていて、見れば見るほど顔に似ている。その昔、この木の根方に葬られた行商人の平吉だ。平吉は顔がひょっとこに似ていてひょうきんだ。そして商人だっただけあって、よくしゃべる。毎朝、私が服を出そうとすると「おやおや、また〝ゆにくろ〟かい」などと冷やかす。いつまでも惰眠をむさぼっていると、「いい加減にしないと日が暮れっちまうよ」と非難がましく言ってくる。そのたびに私も「うるさい、節穴の分際で」とか「あんまりしつこいと上からガムテープを貼るよ」などと応じる。もちろん冗談だ。たまにすっかり木の節になりきって、ひと言もしゃべらないことがあり、そんな時は少し寂しい。これもやっぱり私の友だ。

さいきんジェイクはちょっと元気がない。丸々としていたビール腹がしぼみ、ビールジョッキもうなだれている。病気だろうか。それとも何か悩みごとでもあるのだろうか。こんどジェイクにアリを紹介しようかと思う。あるいは平吉を。友だちを友だちに紹介して、その友だち同士が仲良くなるのは素敵だ。

でも仲良くなりすぎて、いずれ私ぬきで楽しくやり始めるんじゃないかと思うと、それはそれで心配だ。

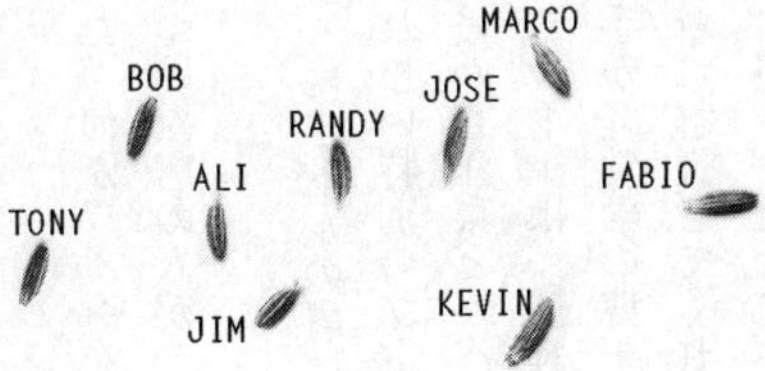
MARCO
BOB
JOSE
RANDY
ALI
FABIO
TONY
KEVIN
JIM

数人でレストランに行った。何かワインを頼もうということになった。

胸にソムリエのバッジをつけた店の人がテーブルにワインを四、五本持ってきて並べ、端から順に説明を始めた。

知り合いでも紹介するようにボトルの肩にぽんぽんと手を置きながら、「これは○○地方の××という村でしか採れない特別のブドウを使っていて」とか「これは喉ごしはすっきりとしているんですが、後から洋梨とかベリーといった果物系の香りが鼻に抜けて」とか、果ては「じつはここのシャトーは一度経営が苦しくて廃業しかけたんですが、たまたま末の娘さんが結婚した相手が経営学の博士号を持っていて」などといった話まで、一本ずつじつに事細かに懇切丁寧に解説してくれる。

ソムリエってすごいなあ。さすがだなあ。と思って耳を傾けているうちに、ふいに愕然となった。

これ、全部作り話なんじゃないか。

いったんそう気づいてしまうと、もうそうとしか思えなくなってくる。だいいち店に何十種類とあるワインのいちいちを、そんなに事細かに覚えていられるものだろうか。洋梨系とか枯れ葉のような味わいとか、全部味見をしてみたのだろうか。それに作っている人の家庭の事情まで見てきたように語るのも、なんだか怪しすぎる。もしかしてこの人は語り部みたいなもので、その時その時のインスピレーションで好きな話を作り上げているだけなのじゃあるまいか。

そう思ってよく見ると、ああやっぱり。胸元に光る金色のバッジ、てっきりソムリエ協会のブドウの形かと思ったら、河童か何かの顔ではないか。あやうくだまされるところだった。他のみんなは気がついていないのだろうか。

という私の内心の動揺をよそに、いつの間にかワインは選ばれ、栓を抜かれ、グラスに注がれた。おそるおそる口に運ぶ。本当に、説明どおり喉ごしすっきり、そして洋梨とベリーの香りが鼻から抜けた。その時、また天啓が私を打った。

ボトルの中身を説明しているのではなく、説明が中身を決定するのだとしたら。

テーブルに運ばれてくるまで、ボトルの中身はじつは特色ゼロの完全ニュートラルのワイン。それがこの人が説明することで、その通りの味になる。つまりこのソムリエならぬ語り部は、単なる語り部ではなくワインの味を自在に操る魔道士。

いやいやいやもしかしたらボトルの中身はワインですらなく、ただの水という可能性すらある。私たちは河童の魔道士のたくみな言葉で催眠術にかかり、ただの水を白やら赤やらピンクやらの、果実系だったりフルボディだったり落ち葉の香りだったりする素敵な液体だと思いこんでうれしそうに飲んでいるだけなのではないか。

という内心の私の疑念をよそに、次から次へとワインは選ばれ、そのたびに白だったり赤だったり黄金だったりする、果実やハーブや雨やキノコや昔飼っていた猫の肉球の香りの液体がつぎつぎとグラスに注がれた。

本当は水かもしれない液体は、でもどこからどう見てもワインの味で、しかもどれも無性においしく、私はそれこそ水のようにがぶがぶ飲みながら、しだいに幸福になった。目が回る。次に目を開けたらここがレストランでもどこでもなく野原の真ん中だったとしても、もうべつに構わない。

A. KAPPA
BORDEAUX FRANCE
1893

父　セリフ三選

一・「どうしてお前はそういつもいつも人の邪魔をするのだ」

実家の庭とカーポートをつなぐ細い通路があり、間に鉄の門扉がある。ある日そこにプラスチックの衣装ケースの蓋が立てかけてあった。私がまだ会社員だったころのことだ。ゴミかなと思ったので撤去した。そこで父から言われたのがこの言葉だ。

その何年か前から、庭に大きなヒキガエルが住みついていた。両手を並べたぐらいの巨大さで、体は薄茶で脇に白と黒の縞がある。グロい。だが毎年春になると同じヒキガエルがどこかから現れて、たぶん庭のどこかで越冬しているのだろう、夏の夕方に暗がりにじっとして、ときどきピュッと舌を出して虫を捕ったりしているのを見ているうちに、みんななんとなく愛着が湧いてきた。とりわけ愛着を示したのが父で、「うちのヒキガエル」などと呼んでいた。

父の一番の心配は「うちのヒキガエルが門扉の下のすき間から外に出て車に轢《ひ》かれる」

ことで（前に猫を飼っていたときも「地震で飛び出して行方不明になる」ことを心配して、つねに綱でつないでおくことを提案して家族から却下されていた）、例の衣装ケースの蓋はそれを防止するために父が設置したものだった。で、右のセリフ。気持ちはわからないでもないが、納得がいかない。

ちなみにヒキガエルはそれから三年ほど生きたあと、庭のくぼみの水溜まりの中で死んでいるのが見つかった。父が「怖くて触れない」と言うので私が両手ですくって地面に埋めた。皮がずるずるして気持ち悪かった。納得がいかない。

二.「小太郎は悪くない」

飼い犬に噛まれたことがある。まだ実家にいたころ、食卓に座って何か食べていたら、犬が足元に来て座った。食い意地の張った犬で、人が何か食べていると必ず物欲しげに側に寄ってきて涎《よだれ》をだらだら垂らす。無視して食べている最中に、うっかり犬の尻尾を踏んだ。犬はキャンと鳴いて飛び上がり、私の膝にがぶっと噛みついた。

膝にくっきり二つあいた牙の穴は翌日には膿《う》み、右脚が熱をもってぱんぱんに腫れた。傷病兵のような恰好で階段を降りてくる私を見て、父が言ったのが右のセリフだ。小太郎というのは犬の名だ。

病院ではめちゃくちゃ痛い破傷風の注射を打たれたうえに、「犬の歯をもっとちゃんと磨いてやりなさい」と説教された。

小太郎が死ぬと、父は居間に遺影を飾り、毎日線香をあげて般若心経を唱え、きっちり四十九日後にやめた。

三.「ずやずやしとるな」

煮物などが柔らかすぎるときに、父はいつもこの「ずやずやしとる」を言ったが、父以外にこの言葉を使う人にいまだに出会ったことがない。方言かなとも思うが、父の田舎の親戚の人に聞いても「いや、聞いたことがない」と言う。

それでも私と妹は何となく気に入って、本人がいなくなった今でもしょっちゅうこの言葉を使う。「これ、ちょっとずやずやじゃない」「カボチャはずやずやぐらいに煮たのが好き」「なんか、ここんところの皮膚がちょっとずやずやしてきた」「ずやずや」「ずやずや」「ずやずや」

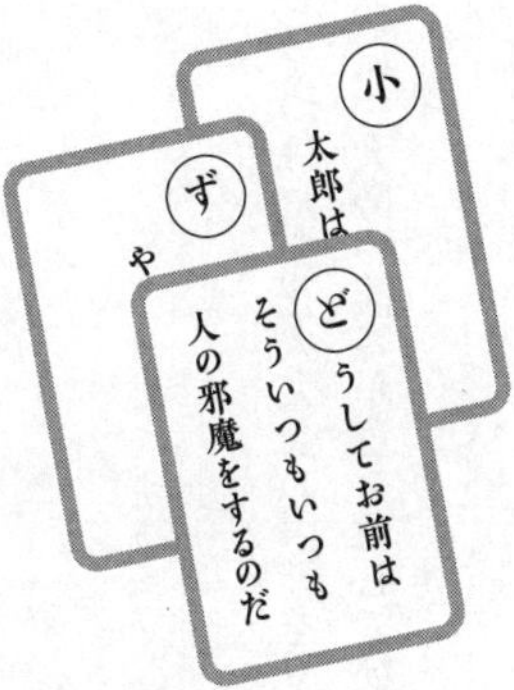
小
太郎は
ず
や
どうしてお前は
そういつもいつも
人の邪魔をするのだ

花火大会

夜中、テレビをつけたら花火大会の中継をやっていた。

真っ暗ななかに、大勢の観客が息を殺してひしめいている気配だけが、無音の圧として伝わってくる。

アナウンスもほとんどない。

画面に映った闇を観ているのか、それともテレビが故障して虚無を観ているのかわからなくなったころ、ヒュルヒュルと音がして一発めが上がった。

長く尾を引く人魂のようなものが上に向かって上がっていき、同時に同じものが下に向かっても伸びていくので、そこに川か海があるらしいのがはじめてわかった。

人魂は高く上がり、一瞬消えたのちにまん丸に炸裂した。緑に黒の筋が縦に入って、あ、スイカ、と見る間にすぱんと二つに割れて、真っ赤な果肉と黒い種を見せながら散った。

「○○市の小学四年生の男の子が、今年の夏にスイカ割りをした思い出です」アナウンサーが静かな声で言った。

またヒュルヒュルと上がって、今度は犬の形に開いた。最初は立った姿、お座り、お手、最後は走りの連続画。

「○△市八十九歳男性がむかし飼っていた犬の思い出です」

そうか、いろんな人の夏の思い出を、花火にして打ち上げているのだな。

花火は一度に一つずつ、時にいくつか同時に上がっては消えた。ひまわり。流しそうめん。セミとり。プール。観覧車。コアラ。新幹線。お城。祖父母の顔。かき氷。

あるものは空を埋め尽くすほど大きく、あるものは月くらいに小さかった。鮮やかなフルカラーのものもあれば、白一色に近いのもあった。それはどうやら個々人の思い出の大きさや質を反映しているらしかった。あるいは見る夢がカラーかモノクロか、ということとも関係があるのかもしれない。

それにしてもいったいどういう技術で、人の記憶を花火にしているのだろう。

私の内心の疑問が伝わったかのように、カメラは花火の打ち上げ地点に寄っていった。今しも台の上に一人の男の子が仰向けに寝て、額の上にもぐさのような薄水色のものをこんもりと盛られていた。男の子がすうっと眠るように目を閉じたところに、もぐさの頂上に蛍火が灯された。するともぐさの山全体が内側から仄《ほの》明るくなり、てっぺんから火の玉が勢いよく射出されて空に上がった。大きなジンベイザメだった。

台はいくつも用意されていて、すでに横たわってスタンバイしている人たちの額に、次々にもぐさが盛られていく。作業をしている人たちが誰なのか、何人いるのか、暗くて判別できない。もう何年、何百年と同じことを繰り返してきたのだろう、流れるように無駄のない動きだった。

ときどき二人とか三人とか四人とかが一列に並んで、もぐさを一本につなげて盛られている人たちがいる。蛍火を灯されると、いっせいにいくつもの花火が上がり、それが一つの大きな景色になったり、連続の絵巻物になったり、誰かの顔になったりした。同じ思い出を共有する知り合いや家族が、旅や、場所や、死んだ誰かの記憶を協力して作り上げているのだ。

私にも、打ち上げたい思い出があった。

気づくと、いつの間にか台の上に横になっていた。

影のようなものが近づいてきて、額にひんやりと乾いたもぐさを置いていった。日なたの苔の匂いがした。

私の思い出はどんな形になるんだろう。自分でそれを見ることができないのは残念だった。テレビを録画にしておけばよかったな。

暗がりの中を蛍火が近づいてきて、急激にまぶたが重くなった。

フィナーレ

その鼎談《ていだん》は、草地を歩きながら行われた。

映画監督と評論家と私という取り合わせで、すり鉢状になった草地を、底に向かって歩きながら話した。

話はなかなか噛み合わなかった。映画監督はシンプルなことをシンプルな言葉で言おうとしているのに、評論家がそれにいちいち難しい言葉で論評を加えるので、そのたびに映画監督が立ち止まって考えこんでしまう、ということの繰り返しだった。

私はなんとか助け船を出したかったが、評論家の言っていることが難しすぎて半分ぐらいしか理解できなかったし、それにこのままではすり鉢の底にたどり着けないのではないかと心配だった。

巨大なすり鉢のあちこちに点々と私たちのような三人組がいて、みんな底を目指して歩いていた。ゴールに着くまでに鼎談を三人とも満足のいく形で終わらせる、というのがこの競技のルールなのだ。

「いや、そうじゃないんだ」映画監督がもどかしげに言って、また立ち止まってしまった。彼が指さしたほうを見ると、地面から青い矢印がするすると何本か生えてきた。ヤグルマソウのような鮮やかな青で、私たち三人は見とれた。「ね？」と映画監督がうれしそうに言うと、評論家も笑ってうなずいた。どうやらうまくまとまったようだ。優勝は無理でも、入賞ぐらいはできるかもしれない。

遠くのほうで花火が何発か上がって、大会の終了が告げられた。

自分たちが何位だったのか、誰が優勝したのかわからないまま、でもそういうことはもうどうでもいいらしく、いつの間にかしつらえられた巨大な黒いスクリーンを取り囲むように、おおぜいの観衆が観客席を埋め尽くして、興奮して声を上げたり足を踏みならしたりしている。

これから大会のグランド・フィナーレが始まるのだ。

大きな黒い画面には、野球のワールドシリーズと、オリンピックと、ヴィクトリアズ・シークレットと、ウィー・アー・ザ・ワールドをいっしょくたにしたような今大会のハイライトが、つぎつぎと映し出されているらしかった。

らしかった、というのは、私が席に着くのが遅かったので、スクリーンの裏側の場所しか空いておらず、全然見えなかったせいだ。

がっかりしていると、スクリーンと向き合うようにもう一つの巨大スクリーンが空から降りてきた。周囲で歓声が上がった。いったんがっかりさせておいてサプライズを仕掛ける、という心憎い演出なのだった。

野球のグラウンドのいちばん端のほうが騒がしくなった。私たち警備員が駆けつけてみると、近所の女子高生が迷いこんでいたのだった。後ろ向きに草地を歩いていたせいで、知らないあいだに入ってきてしまったらしかった。

どうして後ろ向きに歩いていたのか、と訊くと、〈ものごとの最後がいつも気になるのです〉と彼女は言った。〈お話が終わったら、出てきた人や場所はそのあとどうなるのでしょう〉そう言った。〈背中はどうなるのでしょう。わたしに本当に背中はあるんでしょうか〉そうも言った。〈後ろ向きに歩くと、まずかかとが草を踏みます。かかとで世界がわかるのです。かかとはわたしです〉。

私はそれらをとても興味深く聞き、メモに書き留めた。

顔を上げると、女子高生は消えていた。どこを探してもいない。ふと気がついて、目の前の景色をカーテンのように下からめくると、その向こうに彼女が立って、笑いながら手を振っていた。

あとがき

雑誌「ちくま」での連載も、今年で十八年めに突入した。私がまだこの連載を続けていると言うと、けっこうみんな驚く。言った私も驚く。

だいたいにおいて私は長っ尻《ちり》だ。飲み会などでも、途中で切り上げて帰るという小粋なことができない。店が看板になるまでぐずぐずと居すわる。

前作『なんらかの事情』が出てから七年経った。あらためて読み返してみて、自分がこの七年間なに一つ進歩していないことに気がつく。ブラッドリー・クーパーの名前はいまだに覚えられないし、今年も朝顔は枯れた。靴下のかかとはあいかわらず甲側にまわるし、あれほど中止を叫んだオリンピックは、ついには自国への侵略を許してしまった。痛恨だ。

情報も不正確だ。自分が生まれたのは寿町産院だと書いたが、それを読んだ母から抗議された。「寿町」ではなく「長者町」だったのだ。「せっかく縁起のいい名前のところを選んで産んだのに」と言われた。私は謝罪し、単行本には収録しないと約束したのに、うっかり収録してしまった。母がこの本の存在に気がつかないことを祈るばかりだ。

この本ができあがるまでには、多くの方々のお世話になった。遅れてばかりの原稿を辛抱強く待ってくださった筑摩書房の山本充さん、窪拓哉さん。拙《つたな》い文章に毎回美しいイラストをつけてくださり、装丁も手がけてくださったクラフト・エヴィング商會の吉田篤弘さんと吉田浩美さん。連載を読んで励ましてくださったみなさん。そもそもの最初に「ちくま」に連載することを勧めてくださった松田哲夫さん。

本当にありがとうございました。

二〇一九年八月

岸本佐知子

文庫版あとがき

単行本『ひみつのしつもん』刊行から、気づくともう四年が経っており、今回もこうして文庫にしていただき、とてもうれしい。

文庫化に際しては、単行本未収録だったもののなかから十一本を選んで増量した。半端な数なのは、優柔不断な性格ゆえにどうしても十本にしぼりきれなかったせいだ。

ふりかえってみると、最初の『ねにもつタイプ』文庫化のときは四本増量、次の『なんらかの事情』のときは六本増量しており、増量ぶんも着実に増量していることがわかる。この調子でいくと、いずれ百本ぐらいの増量も夢ではない。

さて、今回もまた「べぼや橋」にあらたな発見があった。前回「辺房谷橋」と漢字を当てることが判明した「べぼや橋」だが、ネットで検索をしたところ、「辺房谷」の読み方は正しくは「へぼや」で、田畑を作るのに適さないヘボな谷だったことからそう名付けられたことがわかった。衝撃だ。私の記憶ではたしかに「べ」だったのに、実際には「へ」だったらしいのだ。おまけに私の幼少期と切っても切れないあの橋の名がそんな由来だったとは、なんだか悲しい。

というようなことについて、あのあたりのことなら何でも知っている小学校の先輩の坪内祐三さんに訊ねてみたかったが、もうそれもかなわなくなった。

二〇二三年十月

岸本佐知子

本書は二〇一九年十月、小社より刊行されました。
文庫化にあたり、単行本未収録回を増補しています。

ねにもつタイプ　岸本佐知子

何となく気になることにこだわる、ねにもつ。思索、奇想、妄想はばたく脳内ワールドをリズミカルな名短文でつづる。第23回講談社エッセイ賞受賞。

TOKYO STYLE　都築響一

小さい部屋が、わが宇宙。ごちゃごちゃと、しかし快適に暮らす、僕らの本当のトウキョウ・スタイルはこんなものだ！　話題の写真集文庫化！

自分の仕事をつくる　西村佳哲

仕事をすることは会社に勤めること、ではない。仕事を「自分の仕事」にできた人たちに学ぶ、働き方のデザインの仕方とは。（稲本喜則）

世界がわかる宗教社会学入門　橋爪大三郎

宗教なんてうさんくさい⁉　でも宗教は文化や価値観の骨格であり、それゆえ紛争のタネにもなる。世界宗教のエッセンスがわかる充実の入門書。

ハーメルンの笛吹き男　阿部謹也

「笛吹き男」伝説の裏に隠された謎はなにか？　十三世紀ヨーロッパの小さな村で起きた事件を手がかりに中世における「差別」を解明。（石牟礼道子）

増補　日本語が亡びるとき　水村美苗

明治以来豊かな近代文学を生み出してきた日本語が、いま、大きな岐路に立っている。我々にとって言語とは何なのか。第８回小林秀雄賞受賞作に大幅増補。

子は親を救うために「心の病」になる　高橋和巳

子は親が好きだからこそ「心の病」になり、親を救おうとしている。精神科医である著者が説く、親子という「生きづらさ」の原点とその解決法。

クマにあったらどうするか　姉崎等　片山龍峯

「クマは師匠」と語り遺した狩人が、アイヌ民族の知恵と自身の経験から導き出した超実践クマ対処法。クマと人間の共存する形が見えてくる。（遠藤ケイ）

脳はなぜ「心」を作ったのか　前野隆司

「意識」とは何か。どこまでが「私」なのか。死んだら「心」はどうなるのか。――「意識」と「心」の謎に挑んだ話題の本の文庫化。（夢枕獏）

モチーフで読む美術史　宮下規久朗

絵画に描かれた代表的な「モチーフ」を手掛かりに美術を読み解く、画期的な名画鑑賞の入門書。カラー図版約１５０点を収録した文庫オリジナル。

杉浦日向子ベスト・エッセイ　杉浦日向子

初期の単行本未収録作品から、若き晩年、自らの生と死を見つめた名篇までを、多彩な活躍をした人生の軌跡を辿るように集めた、最良のコレクション。

お江戸暮らし　杉浦日向子

江戸にすんなり遊べる幸せ。漫画、エッセイ、語りと江戸の魅力を多角的に語り続けた杉浦日向子の作品群から、精選して贈る、最良の江戸の入口。

向田邦子シナリオ集　向田邦子　向田和子編

いまも人々の胸に残る向田邦子のドラマ。「隣りの女」「七人の刑事」など、テレビ史上に残る名作、知られざる傑作をセレクト収録する。（平松洋子）

甘い蜜の部屋　森茉莉

天使の美貌、無意識の媚態。薔薇の蜜で男たちを溺れ死なせていく少女モイラと父親の濃密な愛の部屋。稀有なロマネスク。（矢川澄子）

貧乏サヴァラン　森茉莉　早川暢子編

オムレット、ボルドオ風茸料理、野菜の牛酪煮……。食いしん坊茉莉は料理自慢。香り豊かな〝茉莉ことば〟で綴られる垂涎の食エッセイ。文庫オリジナル。

紅茶と薔薇の日々　森茉莉　早川茉莉編

天皇陛下のお菓子に洋食店の味、庭に実る木苺……森鷗外の娘にして無類の食いしん坊、森茉莉が描く懐かしく愛おしい美味の世界。（辛酸なめ子）

遊覧日記　武田百合子　武田花・写真

行きたい所へ行きたい時に、つれづれに出かけてゆく。一人で。または二人で。あちらこちらを遊覧しながら綴ったエッセイ集。（巖谷國士）

ことばの食卓　武田百合子　野中ユリ・画

なにげない日常の光景やキャラメル、枇杷など、食べものに関する昔の記憶と思い出を感性豊かな文章で綴ったエッセイ集。（種村季弘）

クラクラ日記　坂口三千代

戦後文壇を華やかに彩った無頼派の雄・坂口安吾との、嵐のような生活を妻の座から愛と悲しみをもって描く回想記。巻末エッセイ＝松本清張

妹たちへ　矢川澄子ベスト・エッセイ　矢川澄子　早川茉莉編

澁澤龍彥の最初の夫人であり、孤高の感性と自由な知性の持ち主であった矢川澄子。その作品に様々な角度から光をあて織り上げる珠玉のアンソロジー。

わたしは驢馬に乗って下着をうりにゆきたい　鴨居羊子

新聞記者から下着デザイナーへ。斬新で夢のある下着を世に送り出し、下着ブームを巻き起こした女性起業家の悲喜こもごも。（近代ナリコ）

遠い朝の本たち　須賀敦子

一人の少女が成長する過程で出会い、愛しんだ文学作品の数々を、記憶に深く残る人びとの想い出とともに描くエッセイ。（末盛千枝子）

神も仏もありませぬ　佐野洋子

還暦……もう人生おりたかった。でも春のきざしの蕗の薹に感動する自分がいる。意味なく生きても人は幸せなのだ。第3回小林秀雄賞受賞。（長嶋康郎）

私はそうは思わない　佐野洋子

佐野洋子は過激だ。ふつうの人が思うようには思わない。大胆で意表をついたまっすぐな発言をする。だから読後が気持ちいい。（群ようこ）

色を奏でる　志村ふくみ・文　井上隆雄・写真

色と糸と織——それぞれに思いを深めて織り続ける染織家にして人間国宝の著者の、エッセイと鮮やかな写真が織りなす豊醇な世界。オールカラー。

老いの楽しみ　沢村貞子

八十歳を過ぎ、女優引退を決めた著者が、日々の思いを綴る。齢にさからわず、「なみ」に、気楽に、と過ごす時間に楽しみを見出す。（山崎洋子）

おいしいおはなし　高峰秀子編

向田邦子、幸田文、山田風太郎……著名人23人の美味な思い出。文学や芸術にも造詣が深かった往年の大女優・高峰秀子が厳選した珠玉のアンソロジー。

パンツの面目ふんどしの沽券　米原万里

キリストの下着はパンツか腰巻か？　幼い日にめばえた疑問を手がかりに、人類史上の謎に挑んだ、抱腹絶倒&禁断のエッセイ。（井上章一）

新版　いっぱしの女　氷室冴子

時を経てなお生きる言葉のひとつひとつが、呼吸を楽にしてくれる——。大人気小説家・氷室冴子の名作エッセイ、待望の復刊！（町田そのこ）

真似のできない女たち　山崎まどか

彼女たちの真似はできない、しかし決して「他人」でもない。シンガー、作家、デザイナー、女優……唯一無二で炎のような女性たちの人生を追う。

本屋、はじめました　増補版　辻山良雄

リブロ池袋本店のマネージャーだった著者が、自分の書店を開業するまでの全て。その後のことを文庫化にあたり書き下ろした。（若松英輔）

ガケ書房の頃　完全版　山下賢二

京都の個性派書店青春記。２００４年の開店前からその後の展開まで。資金繰り、セレクトへの疑念など本音で綴る。帯文＝武田砂鉄（島田潤一郎）

わたしの小さな古本屋　田中美穂

会社を辞めた日、古本屋になることを決めた。倉敷の空気、古書がつなぐ人の縁、店の生きものたち……。女性店主が綴る蟲文庫の日々。（早川義夫）

ぼくは本屋のおやじさん　早川義夫

22年間の書店としての苦労と、お客さんとの交流。どこにもありそうで、ない書店。30年来のロングセラー！（大槻ケンヂ）

女子の古本屋　岡崎武志

女性店主の個性的な古書店が増えています。カフェを併設したり雑貨も置くなど、独自の品揃えで注目の各店を紹介。追加取材して文庫化。（近代ナリコ）

野呂邦暢　古本屋写真集　野呂邦暢　岡崎武志／古本屋ツアー・イン・ジャパン編

野呂邦暢が密かに撮りためた古本屋写真が存在する。２０１５年に書籍化された際、話題をさらった写真集が増補、再編集の上、奇跡の文庫化。

ボン書店の幻　内堀弘

１９３０年代、一人で活字を組み印刷し好きな本を刊行していた出版社があった。刊行人鳥羽茂と書物の舞台裏の物語を探る。（長谷川郁夫）

「本をつくる」という仕事　稲泉連

ミスをなくすための校閲。本の声である書体の制作。もちろん紙も必要だ。本を支えるプロに仕事の話を聞きにいく情熱のノンフィクション。（武田砂鉄）

あしたから出版社　島田潤一郎

青春の悩める日々、創業への道のり、編集・装丁・営業の裏話、忘れがたい人たち……「ひとり出版社」を営む著者による心打つエッセイ。（頭木弘樹）

ビブリオ漫画文庫　山田英生編

古書店、図書館など、本をテーマにした傑作漫画集。主な収録作家――水木しげる、永島慎二、松本零士、つげ義春、楳図かずお、諸星大二郎ら18人。

ぼくは散歩と雑学がすき　植草甚一

1970年、遠かったアメリカ。その風俗、映画、本、音楽から政治までをフレッシュな感性と膨大な知識、貪欲な好奇心で描き出す代表エッセイ集。

せどり男爵数奇譚　梶山季之

せどり＝掘り出し物の古書を安く買って高く転売することを業とすること。古書の世界に魅入られた人々を描く傑作ミステリー。（永江朗）

20ヵ国語ペラペラ　種田輝豊

30歳で「20カ国語」をマスターした著者が外国語の習得ノウハウを惜しみなく開陳した語学の名著であり、心を動かす青春記。（黒田龍之助）

ポケットに外国語を　黒田龍之助

言葉への異常な愛情で、外国語本来の面白さを伝えるエッセイ集。ついでに外国語学習が、もっと楽しくなるヒントもつまっている。（堀江敏幸）

英単語記憶術　岩田一男

単語を構成する語源を捉えることで、語の成り立ちを理解することを説き、丸暗記では得られない体系的な英単語習得を提案する50年前の名著復刊。

増補版 誤植読本　高橋輝次編著

本と誤植は切っても切れない⁉ 恥ずかしい打ち明け話や、校正をめぐるあれこれなど、作家たちが本音を語り出す。作品42篇収録。（堀江敏幸）

文章読本さん江　斎藤美奈子

「文章読本」の歴史は長い。百年にわたり文豪から一介のライターまでが書き綴った、この「文章読本」とは何ものか。第1回小林秀雄賞受賞の傑作評論。

読書からはじまる　長田弘

自分のために、次世代のために――。「本を読む」意味をいまだからこそ考えたい。人間の世界への愛に溢れた珠玉の読書エッセイ！（池澤春菜）

本は読めないものだから心配するな　管啓次郎

この世界に存在する膨大な本をめぐる読書論であり、ブックガイドであり、世界を知るための案内書。読めば、心の天気が変わる。（柴崎友香）

「読み」の整理学　外山滋比古

読み方には、既知を読むアルファ（おかゆ）読みと、未知を読むベータ（スルメ）読みがある。リーディングの新しい地平を開く目からウロコの一冊。

おまじない　西加奈子

さまざまな人生の転機に思い悩む女性たちに、そっと寄り添ってくれる、珠玉の短編集、いよいよ文庫化！　巻末に長濱ねると著者の特別対談を収録。

通天閣　西加奈子

このしょーもない世の中に、救いようのない人生に、ちょっぴり暖かい灯を点す驚きと感動の物語。第24回織田作之助賞大賞受賞作。（津村記久子）

沈黙博物館　小川洋子

「形見じゃ」老婆は言った。死の完結を阻止するために形見が盗まれる。死者が残した断片をめぐるやさしくスリリングな物語。（堀江敏幸）

注文の多い注文書　小川洋子　クラフト・エヴィング商會

バナナフィッシュの耳石、貧乏な叔母さん、小説に隠された〈もの〉をめぐり、二つの才能が火花を散らす。贅沢で不思議な前代未聞の作品集。（平松洋子）

図書館の神様　瀬尾まいこ

赴任した高校で思いがけず文芸部顧問になってしまった清（きよ）。そこでの出会いが、その後の人生を変えてゆく。鮮やかな青春小説。（山本幸久）

僕の明日を照らして　瀬尾まいこ

中2の隼太に新しい父が出来た。優しい父はしかしDVする父でもあった。この家族を失いたくない！　隼太の闘いと成長の日々を描く。（岩宮恵子）

星間商事株式会社社史編纂室　三浦しをん

二九歳「腐女子」川田幸代、社史編纂室所属。恋の行方も友情の行方も五里霧中。仲間と共に「同人誌」を武器に社の秘められた過去に挑む!?（金田淳子）

ラピスラズリ　山尾悠子

言葉の海が紡ぎだす、〈冬眠者〉と人形と、春の目覚めの物語。不世出の幻想小説家が20年の沈黙を破り発表した連作長篇。補筆改訂版。（千野帽子）

聖女伝説　多和田葉子

少女は聖人を産むことなく自身が聖人となれるのか？　著者の代表作にして性と生と聖をめぐる少女小説の傑作がいま蘇る。書き下ろしの外伝を併録。

ピスタチオ　梨木香歩

棚（たな）がアフリカを訪れたのは本当に偶然だったのか。不思議な出来事の連鎖から、水と生命の壮大な物語「ピスタチオ」が生まれる。（管啓次郎）

包帯クラブ　天童荒太

傷ついた少年少女達は、戦わないかたちで自分達の大切なものを守ることにした。生きがたいと感じるすべての人に贈る長篇小説。大幅加筆して文庫化。

つむじ風食堂の夜　吉田篤弘

それは、笑いのこぼれる夜。——食堂は、十字路の角にぽつんとひとつ灯をともしていた。クラフト・エヴィング商會の物語作家による長篇小説。

虹色と幸運　柴崎友香

珠子、かおり、夏美。三〇代になった三人が、人に会い、おしゃべりし、いろいろ思う一年間。移りゆく季節の中で、日常の細部が輝く傑作。（江南亜美子）

変《か》半《わり》身《み》　村田沙耶香

孤島の奇祭「モドリ」の生贄となった同級生を救った陸と花蓮は祭の驚愕の真相を知る。悪夢が極限まで疾走する村田ワールドの真骨頂！（小澤英実）

君は永遠にそいつらより若い　津村記久子

22歳処女。いや「女の童貞」と呼んでほしい——。日常の底に潜むうっすらとした悪意を独特の筆致で描く。第21回太宰治賞受賞作。（松浦理英子）

アレグリアとは仕事はできない　津村記久子

彼女はどうしようもない性悪だった。すぐ休み単純労働をバカにし男性社員に媚を売る。大型コピー機とミノベとの仁義なき戦い！（千野帽子）

さようなら、オレンジ　岩城けい

オーストラリアに流れ着いた難民サリマ。言葉も不自由な彼女が、新しい生活を切り拓いてゆく。第29回太宰治賞受賞・第150回芥川賞候補作。（小野正嗣）

星か獣になる季節　最果タヒ

推しの地下アイドルが殺人容疑で逮捕!? 僕は同級生のイケメン森下と真相を探るが——。歪んだピュアネスが傷だらけで疾走する新世代の青春小説！

とりつくしま　東直子

死んだ人に「とりつくしま係」が言う。モノになってこの世に戻れますよ。妻は夫のカップに弟子は先生の扇子になった。連作短篇集。（大竹昭子）

ポラリスが降り注ぐ夜　李琴峰

多様な性的アイデンティティを持つ女たちが集う二丁目のバー「ポラリス」。国も歴史も超えて思い合う気持ちが繋がる7つの恋の物語。（桜庭一樹）

三島由紀夫レター教室　三島由紀夫
五人の登場人物が巻き起こす様々な出来事を手紙で綴る。恋の告白・借金の申し込み・見舞状等、一風変ったユニークな文例集。（群ようこ）

コーヒーと恋愛　獅子文六
恋愛は甘くてほろ苦い。とある男女が巻き起こす恋模様をコミカルに描く昭和の傑作が、現代の「東京」によみがえる。（曽我部恵一）

七時間半　獅子文六
東京―大阪間が七時間半かかっていた昭和30年代、特急「ちどり」を舞台に乗務員とお客たちのドタバタ劇を描く隠れた名作が遂に甦る。（千野帽子）

青空娘　源氏鶏太
主人公の少女、有子が不遇な境遇から幾多の困難にぶつかりながらも健気にそれを乗り越え希望を手にする日本版シンデレラ・ストーリー。（山内マリコ）

御身　源氏鶏太
矢沢章子は突然の借金返済のため自らの体を売ることを決意する。しかし愛人契約の相手・長谷川との出会いが彼女の人生を動かしてゆく。（寺尾紗穂）

カレーライスの唄　阿川弘之
会社が倒産した！　どうしよう。美味しいカレーライスの店を始めよう。若い男女の恋と失業と起業の奮闘記。昭和娯楽小説の傑作。（平松洋子）

愛についてのデッサン　野呂邦暢　岡崎武志編
夭折の芥川賞作家が古書店を舞台に人間模様を描く「古本青春小説」。古書店の経営や流通など編者ならではの視点による解題を加え初文庫化。

おれたちと大砲　井上ひさし
家代々の尿筒掛、草履取、駕籠持、髪結、馬方、いまだ修業中の彼らは幕末の将軍様を救うべく、奮闘努力、東奔西走。爆笑、必笑の幕末青春グラフティ。

真鍋博のプラネタリウム　真鍋博　星新一
名コンビ真鍋博と星新一。二人の最初の作品『おーい　でてこーい』他、星作品に描かれた挿絵と小説冒頭をまとめた幻の作品集。（真鍋真）

方丈記私記　堀田善衞
中世の酷薄な世相を覚めた眼で見続けた鴨長明。その人間像を自己の戦争体験に照らして語りつつ現代日本文化の深層をつく。巻末対談＝五木寛之

落穂拾い・犬の生活　小山清

明治の匂いの残る浅草に育ち、純粋無比の作品を遺して短い生涯を終えた小山清。いまなお新しい、清らかな祈りのような作品集。（三上延）

須永朝彦小説選　須永朝彦　山尾悠子編

美しき吸血鬼、チェンバロの綺羅綺羅しい響き、暗い水に潜む蛇……独自の美意識と博識で幻想文学ファンを魅了した小説作品から山尾悠子が25篇を選ぶ。

紙の罠　都筑道夫　日下三蔵編

都筑作品でも人気の〝近藤・土方シリーズ〟が遂に復活。贋札作りをめぐり巻き起こる奇想天外アクション小説。二転三転する物語の結末は予測不能。

幻の女　田中小実昌　日下三蔵編

近年、なかなか読むことが出来なかった〝幻〟のミステリ作品群が編者の詳細な解説とともに甦る。夜の街の片隅で起こる世にも奇妙な出来事たち。

第8監房　柴田錬三郎　日下三蔵編

剣豪小説の大家として知られる柴錬の現代ミステリ短篇の傑作が奇跡の文庫化。〈巧みなストーリーテリング〉と〈衝撃の結末〉で読ませる狂気の8篇。

飛田ホテル　黒岩重吾

刑期を終えたやくざ者に起きた妻の失踪を追う表題作など、大阪のどん底で交わる男女の情と性。直木賞作家の傑作ミステリ短篇集。（難波利三）

『新青年』名作コレクション　『新青年』研究会編

探偵小説の牙城として多くの作家を輩出した伝説の総合娯楽雑誌『新青年』。創刊から101年を迎え新たな視点で各時代の名作を集めたアンソロジー。

ゴシック文学入門　東雅夫編

江戸川乱歩、小泉八雲、平井呈一、日夏耿之介、澁澤龍彥、種村季弘――。「ゴシック文学」の世界へと誘う厳選評論・エッセイアンソロジーが誕生！

刀　東雅夫編

名刀、魔剣、妖刀、聖剣……古今の枠を飛び越えて「刀」にまつわる怪奇幻想の名作が集結。業物同士が唸りを上げる文豪×怪談アンソロジー、登場！

家が呼ぶ　朝宮運河編

ホラーファンにとって永遠のテーマの一つといえる「こわい家」。屋敷やマンション等をモチーフとした逃亡不可能な恐怖が襲う珠玉のアンソロジー！

土曜日は灰色の馬　恩田陸

顔は知らない、見たこともない。けれど、おはなしの神様はたしかにいる――。あらゆるエンタメを味わい尽くす、傑作エッセイを待望の文庫化！

この話、続けてもいいですか。　西加奈子

ミッキーこと西加奈子の目を通すと世界はワクワク、ドキドキ輝く。いろんな人、出来事、体験がてんこ盛りの豪華エッセイ集！　（中島たい子）

なんらかの事情　岸本佐知子

エッセイ？　妄想？　それとも短篇小説？……モヤッとするのに心地よい！　翻訳家・岸本佐知子の頭の中を覗くような可笑しな世界へようこそ！

絶叫委員会　穂村弘

町には、偶然生まれては消えてゆく無数の詩が溢れている。不合理でナンセンスで真剣だからこそ可笑しい、天使的な言葉たちへの考察。　（南伸坊）

柴田元幸ベスト・エッセイ　柴田元幸編著

例文が異常に面白い辞書。名曲の斬新過ぎる解釈。そして工業地帯で育った日々の記憶。名翻訳家が自ら選んだ、文庫オリジナル決定版。

翻訳教室　鴻巣友季子

「翻訳をする」とは一体どういう事だろう？　第一線の翻訳家とその母校の生徒達によるとっておきの超・入門書。スタートを切りたい全ての人へ。

買えない味　平松洋子

一晩寝かしたお芋の煮っころがし、土瓶で淹れた番茶、風にあてた干し豚の滋味……日常の中にこそある、おいしさを綴ったエッセイ集。　（中島京子）

杏のふむふむ　杏

連続テレビ小説「ごちそうさん」で国民的な女優となった杏が、それまでの人生を、人との出会いをテーマに描いたエッセイ集。　（村上春樹）

たましいの場所　早川義夫

「恋をしていいのだ。今を歌っていくのだ」。心を揺るがす本質的な言葉。文庫用に最終章を追加。帯文＝宮藤官九郎　オマージュエッセイ＝七尾旅人

うれしい悲鳴をあげてくれ　いしわたり淳治

作詞家、音楽プロデューサーとして活躍する著者の小説＆エッセイ集。彼が「言葉」を紡ぐと誰もが楽しめる「物語」が生まれる。　（鈴木おさむ）

いっぴき 高橋久美子
初めてのエッセイ集に大幅な増補と書き下ろしを加え待望の文庫化。バンド脱退後、作家・作詞家として活躍する著者の魅力を凝縮した一冊。

家族最初の日 植本一子
二〇一〇年二月から二〇一一年四月にかけての生活の記録（家計簿つき）。デビュー作『働けＥＣＤ』を大幅に増補した完全版。

月刊佐藤純子 佐藤ジュンコ
注目のイラストレーター（元書店員）のマンガエッセイが大増量してまさかの文庫化！　仙台の街や友人との日常を描く独特のゆるふわ感はクセになる！

名短篇、ここにあり 北村薫／宮部みゆき編
読み巧者の二人の議論沸騰し、選びぬかれたお薦め小説12篇。となりの宇宙人／冷たい仕事／隠し芸の男／少女架刑／あしたの夕刊／網／誤訳ほか。

なんたってドーナツ 早川茉莉編
貧しかった時代の手作りおやつ、日曜学校で出合った素敵なお菓子、毎朝宿泊客にドーナツを配るホテル、哲学させる穴……。文庫オリジナル。

猫の文学館Ｉ 和田博文編
寺田寅彦、内田百閒、太宰治、向田邦子……いつの時代も、作家たちは猫が大好きだった。猫の気まぐれに振り回されている猫好きに捧げる47篇‼

月の文学館 和田博文編
稲垣足穂のムーン・ライダース、中井英夫の月蝕領主の狂気、川上弘美が思い浮かべる「柔らかい月」……選りすぐり43篇の月の文学アンソロジー。

絶望図書館 頭木弘樹編
心から絶望したひとへ、絶望文学の名ソムリエが古今東西の小説、エッセイ、漫画等々からぴったりの作品を紹介。前代未聞の絶望図書館へようこそ！

小説の惑星　ノーザンブルーベリー篇 伊坂幸太郎編
小説って、超面白い。伊坂幸太郎が選び抜いた究極の短編アンソロジー、青いカバーのノーザンブルーベリー篇！　編者によるまえがき・あとがき収録。

小説の惑星　オーシャンラズベリー篇 伊坂幸太郎編
小説のドリームチーム、誕生。伊坂幸太郎選・至高の短編アンソロジー、赤いカバーのオーシャンラズベリー篇！　編者によるまえがき・あとがき収録。

素粒子　ミシェル・ウエルベック　野崎歓訳

人類の孤独の極北にゆらめく絶望的な愛——二人の異父兄弟の人生をたどり、希薄で怠惰な現代の一面を描き上げた、鬼才ウエルベックの衝撃作。

地図と領土　ミシェル・ウエルベック　野崎歓訳

孤独な天才芸術家ジェドは、世捨て人作家ウエルベックと出会い友情を育むが、作家は何者かに惨殺される——。最高傑作と名高いゴンクール賞受賞作。

競売ナンバー49の叫び　トマス・ピンチョン　志村正雄訳

「謎の巨匠」の暗喩に満ちた迷宮世界。突然、大富豪の遺言管理執行人に指名された主人公エディパの物語。郵便ラッパとは？　（巽孝之）

スロー・ラーナー［新装版］　トマス・ピンチョン　志村正雄訳

著者自身がまとめた初期短篇集。「謎の巨匠」がみずからの作家生活を回顧する序文を付した話題作。驚異に満ちた世界。　（高橋源一郎、宮沢章夫）

エレンディラ　G・ガルシア＝マルケス　鼓直／木村榮一訳

大人のための残酷物語として書かれたといわれる中・短篇。「孤独と死」をモチーフに、大著『族長の秋』につらなるマルケスの真価を発揮した作品集。

氷　アンナ・カヴァン　山田和子訳

氷が全世界を覆いつくそうとしていた。私は少女の行方を必死に探し求める。恐ろしくも美しい終末のヴィジョンで読者を魅了した伝説的名作。

アサイラム・ピース　アンナ・カヴァン　山田和子訳

出口なしの閉塞感と絶対の孤独、謎と不条理に満ちた世界を先鋭的スタイルで描き、作家アンナ・カヴァンの誕生を告げた最初の傑作。　（皆川博子）

オーランドー　ヴァージニア・ウルフ　杉山洋子訳

エリザベス女王お気に入りの美少年オーランドー、ある日目をさますと女になっていた——4世紀を駆ける万華鏡ファンタジー。　（小谷真理）

昔も今も　サマセット・モーム　天野隆司訳

16世紀初頭のイタリアを背景に、「君主論」につながるチェーザレ・ボルジアとの出会いを描き、「政治人間」の生態を浮彫りにした歴史小説の傑作。

コスモポリタンズ　サマセット・モーム　龍口直太郎訳

舞台はヨーロッパ、アジア、南島から日本まで。故国を去って異郷に住む〝国際人〟の日常にひそむ事件のかずかず。珠玉の小品30篇。　（小池滋）

バベットの晩餐会　I・ディーネセン　桝田啓介訳
バベットが祝宴に用意した料理とは……。一九八七年アカデミー賞外国語映画賞受賞作の原作と遺作「エーレンガート」を収録。（田中優子）

ヘミングウェイ短篇集　アーネスト・ヘミングウェイ　西崎憲編訳
ヘミングウェイは弱く寂しい男たち、冷静で寛大な女たちを登場させ「人間であることの孤独」を描く。繊細で切れ味鋭い14の短篇を新訳で贈る。

カポーティ短篇集　T・カポーティ　河野一郎編訳
妻をなくした中年男の一日を、一抹の悲哀をこめ、ややユーモラスに描いた本邦初訳の「楽園の小道」他、選びぬかれた11篇。文庫オリジナル。

フラナリー・オコナー全短篇（上・下）　フラナリー・オコナー　横山貞子訳
キリスト教を下敷きに、残酷さとユーモアのまじりあう独特の世界を描いた第一短篇集『善人はなかなかいない』を収録。個人全訳。（蜂飼耳）

動物農場　ジョージ・オーウェル　開高健訳
自由と平等を旗印に、いつのまにか全体主義や恐怖政治が社会を覆っていく様を痛烈に描き出す。『一九八四年』と並ぶG・オーウェルの代表作。

パルプ　チャールズ・ブコウスキー　柴田元幸訳
人生に見放され、酒と女に取り憑かれた超ダメ探偵が次々と奇妙な事件に巻き込まれる。伝説的カルト作家の遺作、待望の復刊！（東山彰良）

ありきたりの狂気の物語　チャールズ・ブコウスキー　青野聰訳
すべてに見放されたサイテーな毎日。その一瞬の狂った輝きを切り取る、伝説的カルト作家の愛と笑いと哀しみに満ちた異色短篇集。（戌井昭人）

死の舞踏　スティーヴン・キング　安野玲訳
帝王キングがあらゆるメディアのホラーについて圧倒的な熱量で語り尽くす伝説のエッセイ。「2010年版へのまえがき」を付した完全版。（町山智浩）

スターメイカー　オラフ・ステープルドン　浜口稔訳
宇宙の発生から滅亡までを壮大なスケールで描いた幻想の宇宙誌。1937年の発表以来、各方面に多大な影響を与えてきたSFの古典を全面改訳で。

トーベ・ヤンソン短篇集　トーベ・ヤンソン　冨原眞弓編訳
ムーミンの作家にとどまらないヤンソンの作品の奥行きと背景を伝える短篇のベスト・セレクション。「愛の物語」「時間の感覚」「雨」など、全20篇。

品切れの際はご容赦ください

ムーミンを読む　冨原眞弓

ムーミンの第一人者が一巻ごとに丁寧に語る、ムーミン物語の魅力！　徐々に明らかになるムーミン一家の過去や仲間たち。ファン必読の入門書。

クマのプーさん エチケット・ブック　A・A・ミルン　高橋早苗訳

『クマのプーさん』の名場面とともに、プーが教えるマナーとは？　思わず吹き出してしまいそうな可愛らしい教えたっぷりの本。（浅生ハルミン）

魂のこよみ　ルドルフ・シュタイナー　高橋巖訳

悠久をへめぐる季節の流れに自己の内的生活を結びつけ、魂の活力の在処を示し自己認識を促す詩句の花束。瞑想へ誘う春夏秋冬、週ごと全52詩篇。

新編 ぼくは12歳　岡真史

12歳で自ら命を断った少年は、死の直前まで詩を書き綴っていた。――新たに読者と両親との感動の往復書簡を収録した決定版。（高史明）

心の底をのぞいたら　なだいなだ

つかまえどころのない自分の心。知りたくてたまらない他人の心。謎に満ちた心の中を探検し、無意識の世界へ誘う心の名著。（香山リカ）

生きることの意味　高《コ》史《サ》明《ミョン》

さまざまな衝突の中で死を考えるようになった一朝鮮人少年。彼をささえた人間のやさしさを通して、生きることの意味を考える。（鶴見俊輔）

まちがったっていいじゃないか　森毅

人間、ニブイのも才能だ！　まちがったらやり直せばいい。少年のころを振り返り、若い読者に肩の力をぬかせてくれる人生論。（赤木かん子）

星の王子さま、禅を語る　重松宗育

『星の王子さま』には、禅の本質が描かれている。住職でアメリカ文学者でもある著者が、難解な禅の哲学を指南するユニークな入門書。（西村惠信）

友だちは無駄である　佐野洋子

でもその無駄がいいのよ。つまらないことや無駄なことって、たくさんあればあるほど魅力なのよね。一味違った友情論。（亀和田武）

自分の謎　赤瀬川原平

「眼の達人」が到達した傑作絵本。なぜ私は、ここにいるのか。自分が自分である不思議について。「こどもの哲学　大人の絵本」第1弾。（タナカカツキ）

品切れの際はご容赦ください

ちくま文庫

ひみつのしつもん

二〇二三年十一月十日　第一刷発行
二〇二三年十二月十日　第二刷発行

著　者　岸本佐知子（きしもと・さちこ）
発行者　喜入冬子
発行所　株式会社　筑摩書房
東京都台東区蔵前二―五―三　〒一一一―八七五五
電話番号　〇三―五六八七―二六〇一（代表）
装幀者　安野光雅
印刷所　三松堂印刷株式会社
製本所　三松堂印刷株式会社

ISBN978-4-480-43927-7　C0195